KB072823

레전드급 낙오자 1

홍성은 장편소설

초판 1쇄 찍은 날 § 2020년 10월 7일
초판 1쇄 펴낸 날 § 2020년 10월 14일

지은이 § 홍성은
펴낸이 § 서경석

총괄팀장 § 노종아
편집책임 § 강서희
디자인 § 소소연

펴낸곳 § 도서출판 청어람
등록번호 § 제387-1999-000006호
등록일자 § 1999. 5. 31
어람번호 § 제1-3090호

주소 § 경기도 부천시 부일로 483번길 40 서경B/D 3F (우) 14640
전화 § 032-656-4452 팩스 § 032-656-4453
http://www.chungeoram.com
E-mail § chungeorambook@daum.net

ⓒ 홍성은, 2020

ISBN 979-11-04-92266-4 04810
ISBN 979-11-04-92131-5 (세트)

※ 파본은 구입하신 서점에서 교환하여 드립니다.
※ 저자와 협의하여 인지를 붙이지 않습니다.
※ 이 책은 도서출판 청어람과 저작자의 계약에 의해 출판된 것이므로,
　무단 전재 및 유포·공유를 금합니다.

레전드급 **10**
낙오자

레전드급

낙오자

목차

Chapter 1

　카자크의 [라면 먹고 갈래?]가 아무리 '일반 특성'이라지만, 남의 특성을 가져오면서 신성 5짜리 디버프 스킬 하나 걸어주는 걸로 퉁치는 건 내 도덕성이 용납을 안 했다. 설령 그 상대가 카자크라 하더라도 말이다.

　"괜찮습니다. 아니, 주시더라도 받지 않겠습니다. [기아스]에는 그 정도 가치가 있으니까 말입니다."

　그러나 카자크는 딱 잘라 고개를 저었다.

　"폐하께오선 [기아스] 스킬의 효과를 지나치게 낮게 보시는 것 같습니다. 고작 유니크급이라곤 하나, 유니크란 등급이 가리키는 바는 곧 그 스킬을 가진 이가 오직 폐하 단 한 분뿐이란 의미기도 합니다. 폐하께서 [기아스]를 독점하셨으니, 저로선 어쩔 수 없이 폐하께서 부르시는 값에 사들일 수밖에 없습니다."

"아니, 나도 알지. 그래서 아직 [기아스]를 안 갈고 잘 가지고 있으니까. 좋아, 그럼 독점의 폐해를 맛봐라."

그렇다고 상대가 싫다는데 억지로 퍼다 안겨줄 정도로 내가 친절한 인간이지도 않다.

"대신이라고 하긴 뭣합니다만 폐하, 청컨대 부디 [기아스]의 내용은 제가 정할 수 있게 해주십시오."

나는 그러마고 고개를 끄덕일 뻔했으나, 눈앞의 존재가 카자크라는 사실을 되새기고 마음을 바꿔먹었다. 이 남자라면 어떤 끔찍한 요구를 해와도 이상할 게 없으니, 부주의하게 고개를 끄덕여서는 안 됐다.

"들어보고."

"알겠습니다."

그리고 카자크는 요구 사항을 말했다.

"진심이야?"

들은 나는 귀를 의심해야 했다. 그리고 왜 이 딜을 받았는지 후회했다. 세상에 이런 인간이 존재한다는 걸 모르고 있는 게 내 정신 건강에 훨씬 좋았을 텐데. 그래도 마지막 희망이란 게 있었다. 내가 잘못 들었을 가능성이 바로 그것이었다.

"진심입니다."

그러나 내 희망은 여지없이 꺾였다. 그야 그렇다. 상대는 카자크다. 헛된 희망을 품었구나. 그럼에도 불구하고 나는 다시한번 물었다.

"아니, 진짜로?"

아무리 카자크라도 내 반응이 마음에 걸리긴 한 건지 그는 진지한 표정으로 선언했다.

"물론입니다, 폐하. 다시 확인해 보실 필요도 없는, 흔들릴 일 없는 확고한 의지로 결정했습니다."

그런 카자크의 반응에 나는 또다시 질문을 던져보고픈 욕망에 휩싸였지만, 이런 내 속내를 아는지 모르는지 카자크는 곧장 이어 말했다.

"사실 예전부터 이러한 부탁을 드릴 기회가 없을까 노심초사했었죠. 그 기회를 이제야 잡은 겁니다."

말이 길어지는 걸 보니 진심이긴 한 듯했다.

"아무리 그래도 너무 제정신이 아닌 요구인데……."

"폐하께오서 이 천한 자의 걱정을 해주심에 황공함을 느끼옵니다. 그러나 폐하, 사람마다 바라는 행복의 형태는 다르옵고……."

"알았으니까 그만해."

나는 한숨을 내쉬었다. 하긴 내가 카자크의 걱정을 할 필요는 없다. 그럴 의리도 없고 말이다.

"좋다, 거래는 성립되었다."

"황공하옵니다, 폐하."

그렇게 양자 간에 거래가 성립되었음을 확인하고, 나는 즉시 [티켓 발행인]의 액티브 효과를 활성화해 카자크에게서 특성을 가져왔다.

[라면 먹고 갈래? 티켓]

이것으로 카자크는 값을 치렀으니, 나는 그에게 약속한 서비스를 제공해야 했다.

"[기아스]!"

카자크는 눈을 감은 채 얌전히 치명적인 스킬의 힘이 자신을 휘감도록 몸을 내맡겼다.

다시 봐도 참 제정신 아닌 남자다. 내가 마음을 바꿔먹고 다른 기아스를 쓰거나 그냥 죽여 버리면 어쩌려고? 뭘 보고 날 믿는 거지?

나는 답을 알았다. 이 남자는 날 믿는 게 아니다. 그저 새로운 쾌락에 목 멘 나머지 신용을 도외시하고 일단 몸부터 내맡긴 거다. 진짜 제정신 아닌 놈 같으니라고.

뭐, 약속은 약속이다. 할 건 해야지.

어차피 내가 하급 신이 되면서 카자크와 내 사이의 격차는 더 벌어졌기 때문에, 글자 수가 남았으면 남았지 부족할 일은 없었다. 그게 이런 식으로 돌아올 줄 알았으면……. 아니, 미리 알았어도 바뀔 건 없었겠지. 고작 카자크 때문에 내 성장을 멈출쏘냐.

나는 카자크에게 명령을 내렸다.

"[라면 먹지 마라]."

이게 카자크가 요구한 [기아스]의 내용이었다.

뭐……. 라면 좋아하나 보지. 그리고 [배신하지 마라]는 [기아스]를 받은 후, 놈은 뭔가를 참는 거에 자신이 쾌감을 느낀다는 사실을 스스로 깨달았나 보다.

내게 [라면 먹고 갈래?] 특성을 팔긴 했지만, 일반 특성이니만큼 조건과 확률을 뚫고 다시 얻는 것도 가능하기는 하다. 아무리 그렇다지만 이런 내용의 [기아스]를 자기 특성 팔아가면서 걸어달라고 하다니. 진짜 카자크 이놈은 갱생의 여지가 아예 없는 진성 변태다.

"감사합니다, 폐하."

내가 무슨 생각을 하고 있는지 아는지 모르는지, 본인은 입꼬리가 귀에 걸렸다. 푹 빠진 게임의 후속작을 예약 구매 해 놓은 상태에서 외출해 있다가 택배 도착 문자를 본 것 같은 표정이었다.

하긴 알고 있지 않았는가. 놈은 남이 뭐라 생각하든 자기 삶의 방식을 바꿀 정도로 연약한 변태가 아니다. …영악한 변태지.

"이러려고 배운 [기아스]가 아닌데."

그저 나 혼자만 일방적으로 내상을 입었을 뿐이다.

＊　　　　＊　　　　＊

"폐하, 어디 계셨습니까? 찾았습니다."

카자크와의 거래는 개인실을 빌려서 했기 때문에, 나는 잠깐 만찬장의 자리를 비웠다. 분명 적당한 호위병에게 말하고 갔을 텐데 전달을 못 받은 모양이다.

하긴 상황이 그렇다. 갑작스레 성범죄자들과 노출증 환자들이 무더기로 나온 데다 외부 손님인 내게 무례까지 범하고 만찬장 분위기가 말이 아니었으니 말이다. 잭 제이콥스로선 정신이 없을 만도 하지. 내가 기분 나빠서 숙소로 돌아갔을지도 모른다는 생각을 할 법도 했다.

"갑자기 자릴 비워서 미안해. 만찬 중인데."

"아뇨, 괜찮습니다. 이런 상황이었으니까요."

사실 잭 제이콥스는 별로 잘못한 게 없다. 진짜 원인 제공자는 카자크…… 아니지. 테스카… 를 여기 데려온 나지. 카자크라고 자기의 변태적인 특성을 다른 사람들과 공유하고 싶어서 공유한 건 아닐 터다. 그 특성을 공유시킨 건 결국 나니 내 책임이었다.

본의 아니게 민폐를 끼쳤으니, 이거 서비스 좀 해야겠다.

"일행분들과 함께 앉으실 수 있도록 자리를 재배정했습니다."

"음, 고마워."

잭 제이콥스의 배려로 내 양옆에 테스카와 루시피엘라가 앉게 되었다. 그렇게 두 천사를 양옆에 끼고 앉으니, 주변의 몇몇이 눈에 띄게 아쉬워하거나 풀이 죽은 모습을 보였다. 주로 방금 전에 나한테 와서 들이댔던 사람들이 그런 모습을 보였다.

테스카도 유부남치곤 미녀다. 내가 말해놓고도 무슨 말인지 잘 모르겠지만 아무튼 내 말이 틀리진 않다. 거기다 그녀보다 더 아름다운 루시피엘라가 나타나 내 오른쪽을 차지하니 별로 좋은 기분이 아니긴 하겠지.

뭐, 따지고 보면 저 사람들도 내가 데려온 테스카의 [즐거운 회식] 특성에 휘말린 거였지. 저들의 노골적인 들이댐이 불쾌하긴 했지만, 내가 불쾌해할 입장은 못 된다.

그런 의미에서, 그리고 약간 흐트러진 분위기를 쇄신하는 의미에서 나는 자리에서 일어나 크게 외쳤다.

"손님의 신분으로 요리를 대접하는 건 무례일지 모르나, 총통께서 허락해 주신다면 비장의 술과 요리를 대접하고 싶습니다!"

"거절할 이유가 없군요."

잭 제이콥스는 곧장 대답했다. 그는 이미 내 요리 솜씨가 꽤 괜찮은 편이고 내가 [오병이어] 스킬을 가지고 있었다는 것을 알고 있으니 당연한 반응이었다.

하지만 그도 모르는 게 있다. 난 이미 [오병이어]를 갈아먹었음을. 그리고 그 대신 나온 게 이것임을.

[이진혁의 불]

나는 만찬회장에 뜨겁지 않은 불을 켰다. 잭 제이콥스의 동공이 조금 흔들렸지만 난 신경 쓰지 않기로 했다.

다른 말이 나오기 전에, 나는 즉시 인벤토리에서 고기 한 덩이를 꺼내 불 속에 던졌다. 그러자 그 고기가 훌륭한 스테이크 한 접시가 되었다. [이진혁의 불] 추가 효과로, 그 스테이크에 가장 잘 맞는 와인도 한 잔 뿅 튀어나온 건 말할 것도 없다.

[그랜드 마스터 셰프 이진혁이 구운 쇠고기 스테이크]
─분류: 요리
─등급: 미식(Gourmet)
─설명: 지구 출신 요리사인 이진혁이 가장 기본에 충실하게 구운 지구식의 쇠고기 스테이크. 지금 구할 수 있는 재료 중 가장 지구산에 가까운 인류연맹산 5성 블랙 앵거스의 안심 부위를 사용했고, 완벽한 조리로 인해 재료의 맛을 끌어내는 동시에 최고의 맛을 구현해 내는 것에 성공한 기적적인 한 접시다.

요리의 정보를 읽어본 사람들은 납득 못 할지도 모른다. 그야 그렇다. 저들도 내가 뭘 했는지 다 봤다. 한 거라곤 그냥 불 속에 생 쇠고기를 한 덩어리 집어 던진 것에 불과하다. 그런데 완벽한 조리니 기적적인 한 접시니 뭐니 수식어가 너무 거창했다.

그렇다고 내가 변명하는 것도 이상했다. [이진혁의 불]이 구워준 것이긴 하지만, 이것도 어디까지나 내가 조리한 거 맞긴 하니 말이다.

"그, 그랜드 마스터 셰프! 실존했던 건가!?"

"영웅왕 폐하께서! 직접 구워주신!!"

"미식급의 5성 요리라니! 처음 봐!!"

그런데 사람들의 반응이 내가 생각했던 것과는 달랐다. 이상하게 여기리라는 건 어디까지나 나의 기우에 불과했던 모양이다.

그저 태어나서 처음 보는 5성 요리에 감탄하고 군침을 삼키기 바빴다. 이 자리에 모인 사람들은 다들 교단에서 한 끗발 날리는 사람들임에도 불구하고!

역시 미식이나 예술 같은 건 인류연맹이 교단보다 한 수준더 앞서는 게 맞았다. 내가 지금보다 훨씬 낮은 지위였을 때도 인류연맹은 내게 5성 요리를 펑펑 쏴줬었으니 말이다. 적어도 5성 요리가 교단보단 흔한 게 틀림없다.

어쨌든 분위기가 이렇다 보니 굳이 내가 뭘 설명하려고 할 필요가 없었다.

난 그저 이렇게 말하기만 하면 됐다.

"자, 드시죠!"

*   *   *

교단의 모든 이들이 이진혁의 방문을 환영한 것은 아니었다.

교단은 이미 브뤼스만 일파와 그 협력자들을 뿌리 뽑았다고 생각하고 있었고, 실제로 거의 성공했다. 교단은 그리 호락호락한 세력이 아니었다. 더욱이 잭 제이콥스의 [거짓 간파의 권능] 덕에 권능급 미만의 기만용 스킬이 거의 먹히지 않은 게 컸다.

　그럼에도 불구하고 교단의 시도는 '거의 성공' 정도에 머물러 있었다. 왜냐하면 브뤼스만과 직접적인 연결 고리가 아예 존재하지 않고 정치적으로도 완전히 떨어져 있었으나, 교단의 입장에선 절대 알 수 없는 단 하나의 조건으로 그와 연결되어 있던 이가 있었기 때문이다.

　그의 이름은 오르토만. 교단에서 의회의 경비원 일을 하고 있는 남자였다.

　오르토만에게는 비밀이 하나 있었는데, 실은 그의 정체가 마구니였다는 것이 그것이었다.

　그도 원래부터 마구니였던 건 아니었다. 그저 젊은 시절에 교단의 다소 갑갑한 청교도적 분위기에 반발해 약간의 일탈 행동을 한 게 그 원인이었다. 그러나 그 작은 일탈은 그를 근본부터 바꿔 버렸다.

　[마라 파피야스의 뼛가루]. 이 마약성 아이템을 지나치게 사용해 버린 탓에 몸도 마음도 영혼도 마구니가 되어버리고 말았다. 미리 알았던 것도 아니고 의도한 것도 아니거니와 합

의된 사항도 아니었지만 애초에 마구니들은 공정한 계약 같은 걸 추구하는 놈들이 아니다.

그렇게 마구니가 된 오르토만은 자연히 마구니 동맹을 지지하고 마라 파피야스와 그 분신들에게 충성을 바치게 되었다. 마라 파피야스의 분신 넘버링을 지닌 브뤼스만을 지지하게 된 것도 그 이유였다.

그러나 교단은 마구니가 활동하기엔 지나치게 가혹한 환경이었다. 그나마 브뤼스만이 실권을 갖고 있던 시기라면 그저 그의 휘하에서 명령대로 움직이기만 하면 되었으나, 지금은 그런 시절이 아니었다.

좋은 시절은 다 지나갔다. 브뤼스만은 처형일만을 기다리며 감금되어 있는 처지였고, 그의 일파 또한 교단 내의 세력 기반을 잃고 추락한 지 오래였다.

다행히 오르토만은 자신이 마구니라는 걸 그 누구에게도 밝히지 않은 채 브뤼스만을 따랐고, 별다른 권력도 능력도 없었기에 경비원직을 잃지 않을 수 있었다.

그렇다고 일개 경비원인 오르토만이 브뤼스만을 구출해 낸다는 건 상상조차 할 수 없는 일이었다.

대신 오르토만는 그가 할 수 있는 일을 하기로 했다.

"이진혁의 위치를 알아냈습니다."

그건 바로 마구니 동맹의 정보원이었다.

          *   *   *

　브뤼스만 일파가 뿌리 뽑히면서 마구니 동맹의 교단 내 정
보 조직은 크게 약화되었다. 그동안은 브뤼스만에게 선을 대
고 움직였던 것이 컸다. 그나마 브뤼스만의 뒤에 마구니 동맹
이 버티고 있다는 것까지는 들키지 않았으나, 그 전처럼 활동
하는 게 불가능할 정도가 되었다.

　그렇기에 오르토만처럼 조직에 속하지 않은 채 독자적으
로 움직이는 마구니들이 정보 조직의 일을 대신해야 할 형편
이 되었다. 교단에 소속되어 있기만 해도 누구나 알 수 있는
정보도 마구니 동맹에겐 중히 여겨지고 쓰일 지경이니 말이
다.

　그래도 오르토만은 의회 경비원으로 일하면서 다른 평범한
교단 소속 마구니들보다 정확한 정보를 더 빠르게 얻을 수 있
었다.

　"이진혁은 그랑란트라는 변경 차원에 머물고 있습니다."

　이 정보조차도 마구니 동맹은 모르는 정보였으니 말이다.
이 또한 물론 꽤 보안등급이 높은 정보였으니, 오르토만이 위
험을 감수해 가며 의회 회의실의 회의 내용을 엿듣지 않았더
라면 얻을 수 없었으리라.

이 정보가 마구니 동맹에게 전달된 것은 이진혁이 교단에 직접 방문하기 일주일 전의 일이었다. 그리고 지금 이 시점에 이진혁은 교단에 와 있었다.

그러니 오르토만 또한 마구니 동맹에 새로이 통신을 걸어야 했다.

방금 전까지는 만찬회장의 경호에 동원되어 바빴으나, 교대 시간이 되어 드디어 보고를 할 기회를 잡은 거였다. 오르토만 본인이 생각하기에 이 정보는 꽤나 귀중한 것이기에 즉각 보고하고 싶었다. 집에 돌아갈 시간조차 아끼고 싶은 것이 본심이었다.

그래서 오르토만은 화장실에 들어앉아 인벤토리에서 통신기를 꺼내 켰다. 위험한 일이었으나, 오르토만도 무능하지는 않다. 일단은 스파이로서 갖춰야 할 스킬들을 갖춰두었으니, 소리를 죽이고 기척을 죽이는 건 그리 어려운 일이 아니었다.

"통신보안, 통신보안."

주파수를 맞춘 후 통신기에 대고 오르토만은 작은 목소리로 연이어 말했다.

쾅쾅쾅!

화장실의 문이 요란하게 두들겨졌다. 오르토만은 놀라서 통신기를 집어넣었다. 그러나 때는 이미 늦어 있었다.

쾅!

문은 그대로 쪼개져 버렸다. 그리고 오르토만은 바지도 내리지 않은 채 변기에 앉아 있는 모습을 들켰다. 그리고 문을 쪼갠 장본인이 뚜벅뚜벅 다가와 오르토만과 시선을 맞췄다. 오르토만은 남자의 이름을 알았다. 그 정체는 교단에서도 유능한 미친놈으로 유명한 카자크였다.

"감사, 감사, 감사하네. 미스터 스파이."

카자크는 키득키득 웃으며 말했다.

"이미 일주일 전에 자네의 통신은 도청되고 있었네. 그럼에도 오늘까지 기다린 이유는 자네가 쓰는 주파수가 임시인지 아니면 정규 주파수인지 알아내기 위해서였지. 그리고 오늘 같은 주파수를 씀으로써 확실해졌군. 기다린 보람이 있었어. 핫, 하, 하, 하."

카자크는 보란 듯이 웃었다.

"카자크, 카자크 씨. 아닙니다."

오르토만은 어떻게든 상황을 빠져나가 보려고 고개를 저어 보았지만 이미 때는 늦어 있었다. 그의 어깨에 날카로운 단검이 푹 하고 박혔다.

"큭!"

아무런 전조도 없는 일격이었다. 스킬도 안 쓰고 이렇게 빠르고 강력한 일격을 날리다니! 오르토만도 괜히 의회 경비원인 건 아니다. 육체 능력치와 전투 스킬에는 꽤 투자를 해둔 터였다. 그러나 카자크는 스킬도 없이 오르토만의 팔 하나를 가져갔다. 절망이 그를 잠식했다.

"기다리십시오, 카자크 님. 저는 당신께 득이 될 만한 물건을 갖고 있습니다."

이마에는 식은땀이 송골송골 배어 나왔으나 치유 스킬조차 쓰지 않았다. 그 대신 오르토만은 이를 악물고 고통을 참으면서, 필사적으로 카자크를 회유하려 들었다.

"[마라 파피야스의 뼛가루], 아십니까? 아시죠? 그것뿐만이 아닙니다. [욕망의 독]도 갖고 있습니다. 교단에서는 금지 품목입니다만, 쾌락에 밝은 당신이라면 존재를, 으윽!"

오르토만의 입에 칼날이 들어왔다. 퍽 하고 처박히는 소리와 함께 칼날은 목을 뚫고 나왔다. 즉사시킬 수도 있는 일격이었으나 오르토만은 죽지 않았다. 높은 생명력 수치가 그를 살려놓았다. 대신 죽을 만큼 고통스럽긴 했지만 말이다.

"고맙습니다, 미스터 스파이. 당신께 경의를 표하죠. 흐흐흐, 흐흐웃! 당신은 절 회유하려고 했습니다. 하아, 하악! 배신을, 종용했죠옥! 그 덕에 저는, 저는! 크흐흐훗!! 아아, 아앗! 이런 데서! 흐아아앗!!"

카자크가 갑자기 왜 이러는지는 오르토만도 몰랐다. 그에겐 [배신하지 마]라는 기아스가 걸려 있었고, 그 명령에 따르는 보상으로 쾌락이 주어지고 있다는 것도 알 리 없었다.

그러나 오르토만은 카자크의 반쯤 맛이 간 눈동자를 보고 카자크가 왜 교단의 유능한 미친놈이란 별명을 얻게 되었는지 깨닫게 되었다.

사물의 이름이 가리키는 그 본질은 뒤에 붙는다더니, 그게 정말이었다.

카자크는 진짜 미친놈이었다.

*   *   *

[사랑의 물방울]: 와인을 마시면 활성화. 기분과 분위기가 좋아지고 행복감을 느끼게 된다. 와인의 품질이 좋을수록 효과가 높아진다. 일정 수준 이상 행복감이 높아지면 추가적으로 매력이 일시적으로 크게 상승한다. 매력의 상승치가 일정 수준 이상이면 상승치 중 일부가 영구적으로 상승한다.

이래서 방심할 수가 없다. 메뉴에 따라 발동하는 특성이 달라질 수 있으니, 다양한 요리를 먹어봐야 된다. 일견 쓸데없어 보이는 특성이지만 내게는 굉장히 훌륭한 특성으로 보였다. 여기다 비토리아나의 고유 특성을 섞으면 대량의 뷰티 포인트를 벌어들일 수 있으니 당연했다.

나는 즉시 테스카에게 명령했다.

"찾아!"

"넵!"

설마 이번에도 카자크인 건 아니겠지? 나는 걱정했지만 다행히 아니었다.

모르는 여자였는데, 상당히 몸매가 좋은 데다 꽤나 야한 드레스를 입고 있었다. 그 여자는 날 보자마자 꺅꺅 소릴 질러대더니 포옹과 사인을 요구했다. 드레스에다 말이다. 고유 특성을 거래하자고 했더니, 그녀는 대뜸 이런 걸 요구했다.

"결혼해 주세요!"

"거절합니다."

교단의 여자들은 왜 이렇게 화끈하지? 아니면 혹시 조금 전의 [라면 먹고 갈래?] 효과가 아직 남아 있기라도 한 건가?

잘 떠올려 보니 이 여자도 내게 껄떡대던 사람들의 무리에 포함되어 있었던 것 같다. 아닌 것도 같고. 뭐 아무럼 어떠랴.

여자는 아주 잠깐 낙담했지만 굴하지 않고 곧 다음 제안을 제시해 왔다.

"그럼 하는 수 없죠. 대신 교단 금화 일만 개와 폐하와의 짜릿한 하룻밤을 요구하겠어요."

"거절합니다."

나는 단호히 고개를 저었다. [사랑의 물방울] 특성은 매력적이긴 하나, 내가 지불할 수 없는 걸 요구하면 응할 도리가 없다.

"하……. 어쩔 수 없네요. 금화 2만 개에 포옹이나 한 번 더 해주세요. 1분간이요."

그건 지불 가능한 나는 그 요구 사항을 들어주었다.

1분 후, 그녀는 어깨를 축 늘어뜨리고 갔다. 자신과 1분이나 밀착해 있었으면서도 내가 전혀 반응하지 않았다면서. 마침 특성 효과를 받아 매력이 높아진 상태라 자신이 있었으니 어쨌느니 말했지만 그런 어중간한 유혹으론 깨달음 포인트도 안 쌓였다.

그건 나로서도 아쉬운 일이었다. 만약 내가 그녀에게 매력을 느꼈더라면 깨달음 포인트를 쌓을 수 있었을 테니까.

이젠 그냥 브뤼스만을 빨리 죽이고 그랑란트로 돌아가고 싶다는 충동이 불쑥 치밀어 올랐다. 레벨 1의 브뤼스만 따위, 죽여봤자 경험치도 안 오를 거란 생각에 난 조금 더 우울해졌다.

"아, 레벨 업 하고 싶다!"

나는 크게 외쳤다.

"여기 계셨군요, 폐하. 희소식입니다."

그때, 잭 제이콥스가 대기실에 들어와 내게 말했다.

"음? 희소식?"

"찾으시던 거 찾았습니다."

그렇게 운을 떼고는, 내게 다가와 내 귓가에 속삭였다.

"마구니들의 소굴 말입니다."

"뭐?! 진짜로?!"

나는 놀라 되물었다.

"제가 찾은 건 아니고 카자크가 찾았습니다. 자세한 보고는 카자크로부터 들으시죠."

"카자크가 유능하긴 진짜 유능한 모양이야!"

나는 좋아서 손뼉을 쳤다. 그야 그렇다. 마구니다. 사냥감이다. 레벨 업이다! 이거보다 더 좋은 소식이 있을까? 없다. 내 애가 태어났단 말을 들어도 이렇게까지 기쁘진 않으리라!!

"좋아, 부탁하지. 카자크를 불러다 줘."

"알겠습니다. 안 그래도 대기시켜 놨습니다."

나는 희희낙락하며 교단에 오길 잘했다고 생각했다. 방금 전까지 품었던 것과는 정반대의 생각이었지만 뭐 인간이란 게 이런 거지.

"이렇게 다시 뵙게 되어 영광입니다, 폐하."

진짜로 대기시켜 놨던지, 카자크가 방에 들어오기까진 1분도 채 걸리지 않았다. 카자크라는 인간을 알게 된 후로, 나는 처음으로 그를 반갑다고 느꼈다. 사실 그는 인간이 아니라 천사지만, 그런 건 우리 사이에 아무런 장해도 되지 않는다.

　　　　　*　　　　　*　　　　　*

　이진혁의 위치를 파악해 낸 마라 파피야스의 분신들은 곧
장 회의를 소집했다.

　"마음 같아선 당장 토벌에 나서고 싶지만⋯⋯."

　분신 중 하나가 그렇게 운을 뗐다. 그러자 곧장 반론이 날
아들었다.

　"놈은 브뤼스만을 쓰러뜨린 강자다. 어중간한 전력을 파견
해 봐야 역효과만 날 뿐이다."

　"더욱이 우리가 놈을 제거하고자 하는 이유가 뭔가? 놈은
마구니를 제거하는 능력을 갖고 있다. 놈의 토벌에 마구니를
보내선 안 돼."

　처음 운을 뗀 분신도 그런 반론은 다 예상 범위 안에 있었
던 듯 큰 반응은 보이지 않고 고개를 끄덕였다.

　"그렇다면 애초에 계획한 대로 다른 세력을 움직여야겠군."

　"인류연맹에의 간섭은 교단에 의해 방해받았지만, 저 변경
차원은 괜찮겠지."

　방금 발언한 마라 파피야스의 분신이 가리키는 변경 차원
이란 바로 그랑란트였다.

　마라 파피야스의 분신들이 알고 있는 이진혁의 위치는 여

전히 그랑란트였다. 그들이 교단에 심은 마구니 스파이 오르토만의 통신이 카자크에 의해 방해당한 탓에 새로 갱신되지 않아 벌어진 일이었다.

"아니, 애초에 인류연맹과 교단의 종전 선언을 이끌어낸 게 이진혁이라는 보고가 올라와 있다. 교단은 그랑란트로의 침공도 막을 가능성이 높아."

그럼에도 불구하고 오르토만이 보내준 정보는 유효하게 활용되고 있었다. 나중에 그들이 오르토만의 최후에 대해 알게 된다면 상당히 애석해하리라.

"그렇다면 비공식적으로 움직여야겠군."

"비공식적으로. 그렇군. 변경 차원 그랑란트는 아직 미승인 국이야. 선전포고를 할 의무가 없지. 그냥 쳐들어가도 된다는 의미다."

"당초에 예정했던 대로 만신전과 천계를 움직여. 그랑란트를 친다. 기습 전쟁이다."

결론이 났다. 그렇게 그날의 회의는 끝났다.

그 직후, 각 분신의 부관들이 바쁘게 날아다니기 시작했다. 전쟁을 일으키기 위해 각 세력에 침투시킨 마구니들을 움직여야 했다. 이미 한 번 계획이 꺼꾸러진 적이 있는 만큼, 부관들도 마구니들도 더욱 의욕적으로 움직였다.

그로부터 사흘 후, 천계 쪽에 보내둔 마구니에게서 먼저 연락이 왔다. 천계의 요선 형제 괴월, 괴량이 이끄는 병력이 이미 그랑란트를 향해 출발했다는 연락이었다.

마라 파피야스의 분신들과 마구니 동맹으로서도 미리 감지하지 못한 예상외의 일이었다. 그들로선 괴월, 괴량 형제가 이미 만신전의 신 에르메스의 사주를 받았음을 알 도리가 없었다.

*   *   *

좋은 정보를 가져온 덕에 처음에는 반가웠던 카자크도 지금은 그렇게까지 기꺼워 보이지는 않았다. 그의 자기 자랑 섞인 브리핑이 꽤 길어졌던 탓이다.

어쨌든 카자크의 이야기를 요약하자면 저 오르토만이라는 이름의 마구니 동맹 스파이가 자신의 윗선에 연락을 취하는 걸 역탐지해서 마구니들의 소굴 위치를 파악했다는 게 골자였다.

이렇게 한 줄로 요약될 이야기를 듣는 데 1시간 30분이나 허비했다니.

뭐, 그래도 카자크는 공을 세운 몸이고 나는 그 덕을 본 입장이다. 더욱이 내 직속 부하도 아니고 아예 다른 조직의 타인인데 뭐라 하기도 그렇고, 사실 고마운 일이기도 하니 따지기도 애매했다.

"알려줘서 고맙군, 카자크."

"폐하께오서 직접 치하해 주시다니! 황송함에 몸 둘 바를 모르겠나이다!!"

"너무 높여서 비꼬는 거 같잖아. 작작해."

"예이."

카자크는 만족한 듯 물러났다.

"마찬가지로, 협력해 줘서 고마워. 잭 제이콥스."

나는 잭 제이콥스에게도 감사를 표했다. 사실 카자크를 움직여 내게 협력토록 한 건 잭 제이콥스 쪽이니 이쪽에 먼저 감사를 표하는 게 맞았다. 그러나 잭 제이콥스는 이쪽의 사려 부족에도 조금도 불쾌해하지 않고 오히려 가볍게 미소를 지으며 말했다.

"별말씀을. 폐하께선 교단의 은인입니다. 그 은혜를 손톱 끝의 때만큼이라도 갚을 수 있어 교단 총통으로서 기쁠 뿐입니다."

잭 제이콥스도 마찬가지였다. 다들 호들갑스럽긴.

"브뤼스만의 처형일이 언제지?"

따지고 드는 것도 뭣해서, 난 그냥 바로 다음 화제를 입에 올렸다.

"내일입니다, 폐하."

"그럼 처형 후에 바로 떠나도 될까?"

"저희로선 조금이라도 오래 머물러 주셨으면 합니다만, 바쁘시다면 어쩔 도리가 없군요."

"그래, 바빠."

나는 냅다 고개를 끄덕였다.

"한시라도 빨리 가서 마구니들을 잡고 싶거든."

물론 나 자신의 레벨 업을 위해서였다.

"이럴 수가! 고귀하신 영웅왕 폐하께서 직접 전선에 나아가 세계의 적들을 토벌하려 하시다니! 이토록 고결한 일이 또 있을까요?"

"폐하의 헌신에 세계만방이 감사를 표할 것입니다."

난 개인적인 욕망과 나 자신의 영달을 위해 움직이는 것뿐인데 카자크랑 잭 제이콥스가 함께 금칠을 해대니 오히려 비꼬는 것처럼 들렸다. 물론 내가 지레 찔린 것뿐이긴 하지만 말이다.

"아니, 잠깐. 들어오면서 들었을 텐데? 난 레벨 업을 하고 싶어서 이러는 거야."

그래서 난 그들에게 진실을 털어놓았다. 그럼에도 그들의 얼굴 표정은 바뀌지 않았다.

"이미 지고의 자리에 오르셨음에도 불구하고 그 향상심이라니, 정말 존경합니다. 폐하."

"사실 환송식도 준비 중이었습니다만, 그러시다면 최대한 짧게 줄여보겠습니다, 폐하."

이해해 줘서 고맙다. 이것들아.

＊　　　　＊　　　　＊

만찬을 마치고 테스카와 루시피엘라를 돌려보낸 후, 나는 혼자서 교단에서의 하룻밤을 지냈다. 교단에서 가장 좋은 호텔의 최상층을 통째로 혼자 쓰려니 부담이 되었다. 괜히 둘을 먼저 보냈나 생각도 했지만, 이미 돌려보낸 애들을 굳이 다시 불러오지는 않았다.

사실 불멸자가 된 후론 딱히 수면을 취할 필요도 없지만, 그렇다고 안 잘 이유도 없었다. 수면도 식사도 취미가 되어버렸다.

"그러고 보니 마지막으로 용변을 본 게 언제더라."

나는 침대에서 몸을 일으켜 화장실로 향했다. 스위트룸의 화장실은 굉장히 넓었다. 용변 보는 곳을 이렇게 넓게 만들 필요가 있을까? 싶을 정도로.

그리고 나는 내게 있어서 용변까지도 취미가 되어버렸음을 재확인했다.

"진짜 인간이 아니구나."

다시 침대로 돌아온 후, 나는 상태창을 열어 내가 아직 지구인임을 다시 한번 더 확인했다. 아무런 이유도 의미도 없는 행동이었다.

"아, 그렇지. 깜박할 뻔했네."

그러다 혁명력 항목을 보고 한 가지 기억해 냈다.

교단은 혁명한 지 얼마 되지 않은 세계긴 하지만, 세계혁명가로서의 내가 혁명시킨 건 아니다. 그러니 이 세계에 [시대정신의 씨앗]을 심은 적은 없다.

[시대정신의 씨앗]

그래서 한번 심어보기로 했다.

"어디 보자."

―목표 세계는 현재 개화기입니다. 목표 세계와 세계의 구성원들은 새로운 체제에 적응해 나가는 도중이지만, 사회 곳곳에는 아직 혼란이 남아 있습니다. 혼란이 완전히 수습된다면 [시대정신의 씨앗]의 발아가 늦어질 수 있지만, 그렇지 않다면 곧 발아할 것입니다.

―예상 발아 시간: 100년

그랑란트는 황금기라 아예 발아하지 않을 수도 있다고 했는데, 교단은 개화기인가. 그만큼 케이와 테스카가 사람들을 잘 이끌었다는 뜻이겠지.

"100년이라."

내가 평범한 지구인이었다면 모를까, 불멸자에게 있어 100년은 별로 긴 시간이 아니다. 더군다나 100년쯤 후라면 잭 제이콥스의 임기도 한참이나 지나 있을 터니, 별로 민폐를 끼치는 것도 아니리라.

"좋아, 심는다."

나는 교단에 [시대정신의 씨앗]을 심어주었다.

이 씨앗이 나무로 자라나 꽃까지 피워낸다면 이 세계는 혼란에 잠길 테지만, 시대정신의 꽃은 사회 구성원들이 원하지 않는 한 피어나지 않는다.

사람들이 원하는 혁명이라면 그 혁명은 분명 더 나은 미래로 사람들을 이끌어주리라. 그 만마전을 블루 마블로 개화시킨 것처럼 말이다.

"뭐, 혁명력 먹자고 하는 짓이지만."

나는 솔직해졌다. 아무리 꾸며봐야 내 본질은 변하지 않는다.

*   *   *

다음 날.

기다리고 기다리던 브뤼스만의 처형식이 거행되었다.

아무리 그래도 처형식마저 생중계하지는 않았지만, 그래도 처형장에는 기자들이 입회해 사진을 찍고 영상을 따고 있었다.

뭐, 이해는 해줘야지. 교단 사람들에게 있어 브뤼스만은 교단의 배후에 서서 그림자를 짙게 드리웠던 희대의 대악당이다. 그 그림자 아래 깔린 피와 죽음을 생각하면 저들이 지나치게 관심을 표한다고 말하기도 힘들었다.

그런 교단의 여론을 감안하자면 오히려 기자들이 내게 마이크를 들이대며 어떻게 죽일 건지 묻지 않는 게 이상할 정도였다.

"오랜만이로군, 브뤼스만."

오랜만에 보는 브뤼스만은 전의 인상은 간 곳 없이 완전히 바뀌어 있었다. 머리는 하얗게 새어 있었고, 뺨은 움푹 들어갔으며, 피부는 퍼석퍼석했다. 내게 모든 레벨과 능력치를 강탈당한 후 본래 진작 그를 찾아왔어야 하는 노화가 뒤늦게나마 당도한 탓이었다.

"…드디어 오셨군요."

놀랍게도 브뤼스만은 내게 높임말을 썼다. 비꼬려고 이러는 건가? 나는 마음의 준비를 했지만 이어진 브뤼스만의 말은 내 예상과는 정반대의 것이었다.

"안식을… 마지막 자비를 내려주소서. 부디……."

이미 모든 기운을 세월에 빼앗긴 늙은이가 거기 앉아 있었다.

"그래, 알겠네."

내 적, 내 원수였다고는 하지만 이러한 최후가 대단히 기껍지는 않았다. 적의와 증오를 온몸으로 받으며, 최대한 고통스럽게 죽이겠다고 마음먹고 왔건만. 이래서야 약자를 괴롭히는 그림밖에 안 나오게 생겼다.

"그 전에, 내놔."

그렇다고 진짜로 단번에 목을 쳐줄 생각은 없었지만 말이다.

"네 이름, 네 종족. 내가 마지막으로 네게 남겼던 모든 것들을 나한테 토해내겠다고 동의해라. 그럼 그 목숨을 거둬주지."

이러면 저항할 줄 알았다. 싫다고 할 줄 알았다. 그러나 브뤼스만은 이마를 땅에 박으며 내게 절했다.

"자비하신 이의… 뜻대로……."

모든 것으로부터 해방되고자 하는 허리 굽은 노인의 모습에 나는 김이 새버리고 말았다. 아무래도 당초 계획대로 하긴 글러 버린 것 같다.

[티켓 발행인]

나는 한때 브뤼스만의 것이었던 고유 특성을 활용해 그의 이름과 종족을 티켓으로 추출해 냈다. 그러자 브뤼스만 본인이 말했던 것처럼 그의 정체성이 뭉그러지며 존재가 무너지기 시작했다.

"으, 어, 어, 어……."

가엾은 살덩어리가 되어버린, 브뤼스만이었던 존재에게서는 그저 힘없는 신음 소리만이 새어 나올 뿐이었다. 이제는 더 이상 브뤼스만조차 아니니, 적의를 내비칠 이유도 없다.

[즉살의 권능]

나는 브뤼스만의 것이었던 권능 스킬을 사용해 브뤼스만의 숨통을 끊었다. 고통 없이 한 방에 보내주는 걸로는 가장 확실한 방법이었다.

경험치는 당연히 들어오지 않았다. 1레벨에 모든 능력치가 1인 노인을 죽여서 뭘 얻을 수 있겠는가?

―이진혁 님께 포지티브 카르마가 부여됩니다: 102점.

물론 카르마를 얻었지. 놈이 사람을 죽여 쌓은 네거티브 카르마는 이름을 잃은 후에도 놈의 영혼에 오롯이 기록되어 있었으니.

아, 그러고 보니 나 이거 먹으려고 온 거였지. 포지티브 카르마.

본래 목적을 망각하고 있었다. 이걸 깜박했을 줄이야.

처음 죽였을 때에 비해 들어오는 카르마의 양이 절반으로 줄어 있었다. 어느 정도 예상은 했었다. 어떻게 보면 편법으로 중복 취득 하는 셈인데 시스템이 그냥 두고 볼 리 없다. 50%라도 주는 게 어디냐고 봐야 한다.

어쨌든.

이것으로 브뤼스만은 완전히 죽었다.

짝짝.

나는 박수를 두 번 쳤다. 그러자 기자들이 모두 내 쪽을 바라보았다. 그러라고 한 짓이다.

"기자 여러분. 반드시 지켜주실 필요는 없습니다만, 가능하다면 영상까지는 공개하지 말아주셨으면 좋겠습니다."

기자들은 서로를 바라보았다. 그러다 문득, 그중에서도 유독 젊은 기자가 손을 들었다.

"폐하, 외람된 질문이올지 모르나 이유를 말씀해 주셨으면 합니다."

"별로 특별한 의미는 없습니다만, 굳이 이유라고 대자면……. 희대의 대악당이라 할지라도 이런 최후를 영상으로 보게 되면 연민이나 동정심 같은 게 생길지도 모르지 않습니까?"

내가 그랬듯이 말이다.

젠장.

"어떤 사람에겐, 특히나 브뤼스만 때문에 가족을 잃은 사람에겐 그건 고문에 가까울 겁니다. …미움이 필요한 사람들도 있습니다. 그게 유일한 위로 방법이라면 더더욱."

침묵이 처형장 안의 공간을 채웠다. 내게 질문을 했던 기자가 떠밀리듯 말했다.

"…알겠습니다. 답변 감사드립니다."

나는 고개를 끄덕였다.

그것으로 브뤼스만의 처형이 끝났다.

*　　　　*　　　　*

대신선 괴량과 괴월은 흔히 주변으로부터 형제라 불리고 자신들도 그런 호칭에 대해 딱히 이의를 제기하지는 않지만,

그렇다고 그들이 정말로 피를 이은 형제인 것은 아니다.

그야 그렇다. 괴량은 여우 요선이고 괴월은 너구리 요선이니.

그럼에도 불구하고 그들이 형제라 불리는 것은 같은 개과 동물에서 요괴화되어 대신선에까지 올랐다는 공통점에 지금에 와선 거의 함께 붙어 다니며 행동하는 것도 있지만 그보다는 외모, 외견 탓이 컸다. 둘은 거의 비슷한 용모를 취하고 있었기 때문이다.

흰 수염을 길게 길러 늘어뜨리고 장포를 입은 둘의 모습은 마치 피를 이은 쌍둥이보다도 진짜 쌍둥이처럼 보인다. 다른 이들은 장포의 색으로 둘을 구별할 정도니 말이다.

당연하지만 그 외견은 그들의 진짜 모습이 아니다. 도술로 진짜 모습을 감추고 옛이야기의 산신령 같은 외견을 취하고 있지만, 그들의 본모습은 거대한 여우와 너구리의 모습이다. 물론 요괴 출신이라는 출신 성분을 부끄럽게 여기는 탓에 절대 그 모습을 드러내지 않지만 말이다.

그런데 이 두 요선은 출신 성분은 부끄럽게 여기지만, 그로 인해 얻을 수 있는 이익까지 거부하지는 않는다.

"여기가 그 이진혁이라는 신참 신의 세계인가."

"어디, 인류는 어디 있지?"

입맛을 다시며 먹잇감인 인류종을 찾는 그 모습은 신선보다는 요괴 쪽에 더 가까웠다. 이제는 신선이 되어 굳이 더 이상 인류종을 포식할 필요가 없음에도 불구하고, 그들은 조금이라도 더 힘을 쌓기 위해 인류종을 찾았다.

아니, 어쩌면 지금에 와선 단순한 취미에 불과할지도 모른다. 인류종을 먹는다고 쌓이는 힘이 큰 것도 아니고, 그로 인해 마음이 흐트러져 잃는 도력이 더 많을 수도 있음에도 인류를 찾아 헤매는 걸 보면 그냥 포식 그 자체를 즐기는 것이 더 가까울 터였다.

"오, 저길 좀 봐! 빌딩 숲이야!"

"마천루로군. 마치 옛 지구를 연상시키는데?"

괴량과 괴월 형제가 찾은 곳은 다름 아닌 그랑란트의 수도이자 성지인 이진혁 시티였다. 하늘을 찌를 듯 솟은 마천루를 보고도, 괴월은 마치 도시락 통이라도 본 것처럼 양손을 비벼가며 입맛을 다셨다.

"흐흐흐흐, 얼마나 많은 인류가 저기에 있을까?"

"가자. 얼른 가자!"

어휘력마저도 요괴 시절로 돌아간 것처럼 게걸스럽게 이야기를 나눈 그들은 몸이 단 듯 네 발로 뛰어 이진혁 시티로 향했다.

"그 이진혁이란 놈, 하급 신이라고 했지?"

"하급 신 따위야 뭐, 신경 쓸 것도 없지."

대신 선도 불멸자이고 신격이다. 더욱이 하급 신이라면 아무리 신앙을 잘 쌓아봐야 둘과 동격, 더 높은 확률로 더 아래였다. 게다가 이쪽은 둘, 이진혁은 하나. 둘로선 거리낄 게 없었다.

둘의 모습이 점점 태초의 모습으로 바뀌기 시작했다. 괴랑은 거대 여우로, 괴월은 거대 너구리로. 평소에는 본모습을 다른 이들에게 보이는 걸 꺼리는 둘이나, 오늘은 거칠 것이 없었다.

어차피 오늘 둘을 본 자들은 다 죽을 테니까.

적어도 본인들은 그렇게 생각하고 있었다.

Chapter 2

　그날, 케이는 나른한 낮잠에 빠져 있었다. 어젯밤엔 피곤한 일이 있었기 때문이다.

　그 피곤한 일이란 건 치사하게 혼자서 주 이진혁에게 불려가 교단에서 만찬을 즐기고 왔다고 자랑하는 철없는 남편 테스카를 밤새 괴롭히는 것이었다. 그것뿐이었다면 좀 나았을 텐데, 남편은 또 만찬에서 뭐 이상한 걸 묻히고 왔는지 후반전엔 케이가 수세에 몰리고 말았었다.

　케이나 테스카 정도의 강자가 하룻밤 정도에 이렇게 지칠 리 없다고 느껴질 법도 하지만, 둘은 거의 비슷한 정도의 강자였고 모든 일에 최선을 다했다. 최선을 다했는데 지치지 않을 도리가 없었다.

어쨌든 케이가 기분 좋은 나른함에 입맛을 다시며 다시 잠에 빠져들 때였다.

"……!"

케이는 번쩍 눈을 떴다. 위기감이 가슴속에서 용솟음쳤다. 그 수치가 이진혁의 10%에도 못 미치나, 케이의 직감도 그리 낮은 편이라곤 할 수 없었다. 적어도 남편보다는 높았다.

"테이! 일어나!"

테스카 또한 케이의 외침에 허둥지둥 일어났다.

"뭐야, 또 하자고?"

그러고 있다가 졸린 눈을 비비며 한다는 게 이런 맥 빠지는 소리였다.

"적이야! 적습이야!!"

"뭐? 그럴 리가……. 헉!"

테스카도 뒤늦게 케이가 느낀 것을 느낀 모양이었다.

"준비해!"

"알았어!"

케이와 테스카는 옷을 입는 둥 마는 둥 하고 바깥으로 뛰쳐나왔다. 그리고 이내 그들은 막연한 직감의 반응이기만 하던 위기의 정체를 눈으로 확인할 수 있었다.

그것은 도시를 향해 나는 듯 덮쳐오는 거대한 여우와 너구리 괴수의 모습이었다.

"이럴 수가……."

케이가 넋 나간 듯 거대 괴수들을 바라보았다.

"우리보다 강해. 우리만으론 안 돼."

테스카가 떨리는 목소리로 말했다.

"비토리야나와 루시피엘라는?"

케이가 후배 천사들을 찾았다. 비록 그 둘은 케이보다 늦게 이진혁을 따르고, 권속이 된 것도 뒤이나 이제껏 쌓아온 힘은 케이나 테스카보다 강했다.

"없어. …우리끼리 막아야 해."

문제는 그들이 지금 이진혁 시티에 없다는 점이었다. 테스카도 잘은 모르지만, 무슨 전직 퀘스트를 수행하고 있다고 한다.

"하필이면 지금……."

거대 괴수들의 모습은 실로 거대하고 무거워서, 단순히 몸을 들이받는 것만으로도 도시를 무너뜨리기에 충분해 보였다. 그리고 거대 괴수들의 의도는 그러려는 것으로 보였다.

"안 돼!"

케이가 벼락처럼 외쳤다.

이 도시가 어떤 도시인가? 그들의 주인이기에 앞서 은인이자 신인 이진혁이 처음으로 이 세계에 발을 디뎠다던 성지에 지어 올린 도시다. 그 이름 또한 이진혁 시티. 절대로 적에게, 그 누구에게도 침탈당해서는 안 되는 도시였다.

설령 그 적이 자신들보다 강하더라도 여기서 막아 세워야 했다. 싸워서 죽는 한이 있더라도 말이다!

"도시 안으로 들여보내면 끝장이야! 바깥에서 막아야 해! 케이!"

"알고 있어!!"

케이는 날카롭게 대꾸하며 그녀의 본신, 날개 달린 뱀인 케찰코아틀의 모습으로 현현했다.

한때는 신이었으나 일개 괴물로까지 격하되어 굴러떨어졌다가, 은혜로운 주인의 권속으로 받아들여져 준신에까지 다시 그 격을 되찾은 모습이었다.

"날 태우고 가!"

"알아서 붙어!"

그렇게 대꾸하기도 전에 테스카는 이미 케찰코아틀의 등 위에 타 있었다. 케찰코아틀은 급히 날았다.

다행히 적들은 케찰코아틀의 모습을 확인하고 달려오는 속도를 줄이고 있었다.

어떻게든 평야에서 맞서 싸울 수 있을 것 같았다. 물론 그 평야도 단순한 평야가 아니라 황무지를 개간해 농지와 초지로 만든 귀중한 삶의 터전이었으나, 이진혁교의 성지에 비하자면 중요도가 비교적 낮았다.

"오, 이런……."

그러나 케찰코아틀은 이미 느끼고 있었다. 눈앞의 괴수가 터무니없이 강하다는 것을. 그리고 그 강함은 자신을 한참이나 초월한 수준이라는 것을. 물론 이미 알아챈 사실이었으나, 적들의 살기를 눈앞에 둔 자신의 직감이 도망치라고 요란히 소리 지를 정도의 차이일 줄은 몰랐다.

적들도 그 사실을 잘 알고 있는지, 낄낄 웃으며 여유 있는 모습을 보였다.

"네 이름은 뭐냐? 아, 내가 맞춰보지. 혹시… 전채냐?"

"후흐하하하! 재미있군! 전채 요리라 이거지? 좋은 센스다. 네 이름은 이제부터 전채다!"

둘이 멋대로 자기 이름을 정해놓고 농담 따먹기를 하는 모습에 케찰코아틀로선 화가 나지 않을 수 없었으나, 상대의 의도를 모르는 이상 섣불리 대응할 수는 없었다. 상대가 자신보다 훨씬 강하다는 걸 잘 알고 있으니 더더욱 그랬다.

"내 아내가 전채라고? 그럼 본 요리는 뭐지?"

케이가 망설이고 있는 새, 테스카가 대범하게도 그렇게 물었다. 그러자 그 질문을 기다렸다는 듯 거대 너구리가 말했다.

"전채가 두 마리였군! 한 마리씩 나눠 먹으면 되겠어, 형."

"그래, 그러면 되겠어. 누가 간을 먹을 건지 싸우지 않아도 돼서 좋군."

테스카의 질문을 신경 쓰는 기색은 없었다. 그저 테스카가 모습을 드러내길 기다리고 있었던 모양이었다.

"여긴 못 지나간다."

테스카는 큰 곰의 모습으로 현현하여 여우와 너구리의 앞을 막아섰다. 그러자 거대 여우가 기가 차다는 듯 코웃음을 치곤 말했다.

"흠, 당랑거철도 유분수지. 산 채로 잡아먹히고 싶지 않다면 길을 비켜라."

"당랑거철?"

"무식하긴! 사마귀가 마차 앞을 막아섬을 비유하여 이르는 말이다. 쓸데없이 무모한 놈을 가리키지. 너희처럼 말이다. 자, 가르침을 알아들었으면 비키도록 하라."

상대의 오만하기 짝이 없는 태도에 일을 원만하게 처리하기엔 이미 글렀음을 직감했으나, 그렇다고 이대로 물러날 수는 없는 노릇이었다.

"마치 우리가 비키면 살려줄 것처럼 이야기하는군."

"아니, 당연히 아니지."

테스카틀리포카의 말에 거대 너구리는 음험하게 웃으며 고개를 저었다.

"괴롭지 않도록 단숨에 죽인 다음 조리해서 먹어주마."

거대 너구리의 말을 들은 거대 여우가 웃음을 터뜨렸다.

"후후후! 단숨에! 조리해서!! 좋은 센스다. 저 녀석 이름은 유탕면이라 지어줘야겠군."

"왜 쟤가 유탕면이야, 형?"

"내가 지금 먹고 싶거든."

"그래? 기름 솥을 준비해야겠어."

둘이서 농담 따먹기를 하며 건들거리는 모습이 마치 동네 협잡꾼 같았다. 그 실력은 협잡꾼과 거리가 멀 테지만 말이다.

"막아서도 죽고 비켜도 죽는다면 막아서겠다."

이번에 말한 건 케찰코아틀이었다.

"크흐훗, 크크크큭!!"

"하하핫, 후하하핫!!"

비장한 그녀의 말이 웃음거리라도 되는지, 둘은 크게 웃었다. 그러더니 너구리 쪽이 테스카틀리포카 쪽을 바라보며 말했다.

"이봐, 이 녀석이 네 아내라고 했나?"

"…그래."

"그렇다면 네가 보는 앞에서 이 여자를 범하면서 잡아먹겠다."

테스카틀리포카는 더 이상 참지 않았다.

＊　　　　＊　　　　＊

내게 안젤라로부터의 전화가 걸려온 건 브뤼스만을 처형하고 나온 후 몇 분 지나지 않은 시점의 일이었다.

—적이에요, 선배!

전화를 받자마자, 안젤라는 대뜸 이렇게 외쳤다. 내 입장에선 영문을 알 수 없는 한 마디였기에, 바로 반응할 수는 없었다.

"뭐?"

—적들이 쳐들어왔어요! 그랑란트에! 지금… 케이랑 테이랑 나가서 싸우고 있어요!!

두서없지만 뭔 소린지는 알아들었다.

"잭 제이콥스. 갑자기 급한 일이 생겨서 돌아가 봐야겠어."

나는 방에 있던 잭 제이콥스를 돌아보며 말했다.

"알겠습니다, 폐하. 차원문을 열어드릴까요?"

"아니, 이 자리에서 바로 돌아가겠어. 미안하군."

나는 잭 제이콥스의 대답을 듣지 않고 바로 상태창의 [신] 탭을 열었다. 동시에 전화기 대신의 [레벨 업 마스터]에다 대고 안젤라에게 이렇게 말했다.

"안젤라, 기도해라."

—네? 아, 네!

안젤라의 대답을 듣자마자 나는 곧장 [강림] 명령어를 입력했다. 그러자 내 시야가 뿌옇게 변하면서 잭 제이콥스를 비롯한 교단의 모습이 흐려지더니 곧 익숙한 광경이 보였다. 이진혁 시티의 전경이다.

장소는 익숙해도 상황은 익숙하지 않았다.

"선배!"

안젤라가 눈물 가득한 눈동자로 날 올려다보며 외쳤다. 등 뒤에는 소음이 들렸다. 거대한 뭔가가 지축을 울리며 뛰어다니는 소리, 거친 호흡 소리와 울부짖음. 돌아보니 네 마리의 거대한 짐승이 날뛰고 있었다.

여우, 너구리, 날개 달린 뱀, 그리고 곰.

뱀과 곰은 케이와 테스카다. 그런데 여우와 너구리는 뭐지?

아니, 저것들의 정체는 지금 당장 알 필요는 없다.

저것들은 내 영역에 쳐들어온 적이다.

더욱이 지금은 케이와 테스카가 피투성이가 되어 싸우고 있다. 반면 여우와 너구리는 긁힌 상처 하나 없어 보인다. 아군이 명백히 밀리는 모양새다. 상황 파악은 나중에나 하자. 당장 개입해야 한다.

[선험]

[선험] 스킬의 쿨이 돌아와 있어서 다행이다. 하긴 그간 쓸 일이 없었지.

[퀵 세이브]

세이브도 즉각 실행했다. 이로써 뭔가 잘못된 판단을 하더라도 [퀵 로드]로 시점을 되돌려 다시 시도할 수 있게 될 것이다.
그럼 이제 좀 과감하게 행동해 볼까?

[세계를 혁명하는 힘]

시간이 멈췄다. 세계가 멈췄다. 이 멈춘 세계 속을 유영할 수 있는 것은 오로지 나뿐이다.
"일단 한 놈은 죽이고, 한 놈은 살려둔다."

[즉살의 권능]
[봉인의 권능]

두 거대 생물의 심장에 각각 권능 스킬을 하나씩 때려 박은 나는 [세계를 혁명하는 힘]을 거뒀다. 그러자 시간이 다시 흐르기 시작했다. 여기까지 걸린 시간은 체감상 약 0.1초. 소모한 혁명력은 1. 그리고 그 효과는 극적이었다.

"억!"

"끄억!"

두 놈이 동시에 소릴 질렀다. 둘 중 하나는 단말마고, 다른 하나는 비명이었다. 풀썩. 여우의 거체가 그 자리에 무너져 내렸다. 너구리는 황망한 눈동자로 여우를 바라보았다.

"혀, 형!!"

"이진혁 님!"

너구리가 여우를 부르는 소리와, 케이가 날 부르는 소리가 겹쳤다. 희비가 교차된 셈이다.

"내 세계를 지켜줘서 고맙다. 케이, 테스카."

나는 [이진혁의 불]에 생명 속성을 불어넣어 그들을 향해 스킬의 힘을 뿜어내었다. 그러자 다 죽어가며 헐떡이던 케이와 테스카의 상처가 빠른 속도로 아물어가기 시작했다.

"오, 주여……."

"감사합니다……."

나는 이를 꽉 깨물었다.

감사 인사를 받는 것이 이렇게 불쾌한 것도 오랜만이다. 아무리 레벨 업을 위해 경험치로 만들 적들이 필요하다지만 이런 상황은 맞이하고 싶지 않았다.

"침략자들……."

어쨌든 케이와 테스카가 무사하다는 건 확인했으니, 나는 나의 세계에 침략해 온 적들 쪽을 바라보았다.

"형, 허엉……!"

이제는 모든 스킬과 특수 능력, 특성과 아이템, 인벤토리까지 봉인되어 완전히 무력해진 너구리가 여우에게 간신히 기어가 그 몸을 흔들었으나, 여우는 아무 움직임도 보이지 않았다.

그야 그렇다. 시체가 움직일 리 없다.

―이진혁 님께서 괴량 님을 살해하셨습니다.

―플레이어 킬!

―카르마 연산 중…….

"여우 쪽의 이름이 괴량이었군……."

내 목소리를 듣고 너구리가 흠칫 놀라더니, 날 노려보며 소리 질러댔다.

"네, 네놈……! 네놈!!"

나는 놈을 보며 보란 듯이 미소를 지었다.

"네놈의 깊은 슬픔… 상실감. 그리고 패배감……. 달콤하구나. 조건은 만족되었다."

[지배의 권능]

"헉, 흐억, 흐으윽……!"

권능의 힘이 너구리를 향해 스며들었고, 너구리는 저항하려는지 꿈틀거렸지만 아무 소용없었다. 그 눈동자에 초점이 서서히 사라지기 시작했다. 나는 그런 놈을 차갑게 내려다봤다.

"네놈이 어디서 뭘 하며 굴러먹던 놈인지 모르겠지만, 오늘은 각오를 좀 해야 될 거다."

        *   *   *

뒤늦게나마 인원이 채워진 상태에서 마라 파피야스의 분신들은 회의를 시작했다.

지난 회의를 폐한 지 얼마 안 된 상태에서 다시 시급히 회의를 소집하니, 출석률이 낮은 건 어쩔 수 없었다. 이미 장기 임무에 돌입하거나 출장을 가버린 인원이 있었기 때문이다.

"이미 천계에서 병력이 그랑란트를 향해 출발했다고?"

"얼마나? 병력 구성 상태는?"

회의 주제는 당연히 분신들의 계산에서 벗어난 천계의 행동이었다. 비록 계산 외의 사태라 하지만 결과적으로는 그들의 의도에 들어맞는 전개였기에 그렇게 묻는 분신의 표정은 기대 반, 불안 반이었다.

"대신선급 둘이라 하더군."

먼저 정보를 얻은 분신 쪽에서 바닥이 꺼질세라 내뿜는 긴 한숨과 함께 그렇게 말했다. 마라 파피야스의 분신들은 평범한 생명체가 아니라 호흡은 필요치 않으며, 그러므로 한숨 또한 내쉴 필요가 없다. 그저 인류종의 제스처를 모방하고 있을 뿐인 행위였다.

"대신선급? 겨우 둘?"

"그래, 단둘."

그리고 그 한숨은 다른 분신들에게 전염되었다.

"브뤼스만도 때려잡은 놈 상대로 대신선급 둘이라. 의미 없군."

"의미 없지."

다른 의견은 나오지 않았다. 설령 분신들이 서로 경쟁 관계에 있더라도, 이런 명확한 진실에 발 걸고 넘어지는 자는 나오지 않았다.

"오히려 그 두 대신선급에 우리 끈이 닿아 있었느냐를 걱정해야겠어."

그 의견에 회의장의 공기가 얼어붙었다.

돌출 행동을 한 대신선이 사로잡혀 심문이라도 당해 마구니 동맹과 마라 파피야스의 이야기를 꺼낸다면 그게 더 위험하다. 물론 마구니 동맹이 고작 하급 신 하나가 적대한다고 무너질 세력은 아니지만, 이진혁이라는 자는 찻잔 속의 태풍으로 끝날 작은 존재가 아니다.

[티켓 발행인]이라는 특성은 그 정도로 위험하다. 해당 특성의 원래 주인인 브뤼스만도 교단을 들었다 놨다 하며 그 영향력을 우주 전체에 뻗힐 기세 아니었던가? 도중에 무너져 내리긴 했지만, 그걸 무너뜨린 게 이진혁이다.

그러니 마라 파피야스의 분신들이 신경쇠약적인 반응을 보이는 것도 무리는 아니었다. 마구니 동맹은 자신들의 존재를 숨긴 상태에서 이진혁의 뒤통수를 칠 계획이었는데, 그 전에 동맹의 의도가 들키면 작전이고 뭐고 없다.

"우리가 이제야 알게 된 이유를 떠올리면 답은 쉽게 떠오르지 않나?"

누군가의 발언에 안도의 한숨이 회의실을 가득 채웠다. 만약 두 대신선이 마구니 동맹의 *끄*나풀이었다면, 그게 아니더라도 *끄*나풀과 연결 고리가 있는 존재였다면 최소한도의 보고는 하고 움직였으리라.

조금만 생각해 보면 바로 알아챌 수 있는 일이었지만, 그만큼 이 자리에 모인 분신들이 다급했음을 시사하는 상황이기도 했다.

"그나마 다행이로군."

"그래, 다행이야. 불행 중 다행이지만."

그나마 다행, 불행 중 다행. 어떻게 생각해도 호재는 아니었다. 호재일 수가 없었다.

이진혁이 공격을 당했다. 그것도 마구니 동맹이 공작을 펼치고 있는 세력으로부터.

이게 뜻하는 바는 명백했다.

기습의 때는 물 건너갔으며, 이제부터는 이진혁도 공격에 대비를 하리라. 이것만은 마구니 동맹의 개입이 들키든 그렇지 않든 상관없었다.

물론 방법이 있긴 있다. 지금부터라도 다른 세력에 투자하면 된다. 이진혁은 천계의 공격에 대비하고 있을 테니, 다른 세력을 활용해 그 대비를 무효화하는 방법이 있다. 또 다른 방법이라면, 이 계획을 백지화하고 이진혁에 대한 공격을 취소하는 것이다.

그러나 지금 와서 공작에 들어갈 세력을 바꾸기엔 이미 투자된 시간과 노력과 자원이 너무 컸다. 이진혁에 대한 공격을 중단하는 건 분신들의 입장에서는 아예 선택지에 존재조차 하지 않았다. 그들은 마구니의 존재를 간파할 수 있는 위험한 대상을 그냥 둘 생각이 없었다.

마라 파피야스의 분신들로선 손절하기에 너무 먼 길을 와 버린 셈이다.

"이렇게 된 이상 차라리 공작의 규모를 키워야겠어."

마치 저점에 투자를 결정하듯, 누군가가 나지막하니 그렇게 말했다. 꽤나 도박수적인 의견이었으나, 다른 반대 의견은 나오지 않았다.

공작 목적의 첩보 자원의 추가 투입은 금방 결정되었다.

＊　　　＊　　　＊

"저는, 도관법인 천계의, 대신선, 괴월이라, 합니다……."

너구리, 괴월은 그렇게 자기소개를 했다. 도관법인 천계라……. 그것들이 인류연맹을 노리고 있다던 소식은 잭 제이 콥스로부터 들었다.

하지만 어째서 뜬금없이 그랑란트에 와서 난리를 피우고 있었던 거지? 그랑란트는 인류연맹 소속도 아닐뿐더러, 교단에도 소수만이 알고 있던 변경 세계인데, 어떻게 알고? 그것도 단둘이서 세계를 침략해? 무슨 깡으로?

내가 그렇게 질문하자, 괴월은 답했다.

"저는… 저희 형제는, 천계의 의향과는 관계없이……. 개인적인 용무로, 이 세계에, 온 것입니… 다."

이야기를 듣자하니 알고 있는 정보통을 통해 새로운 신이 나타났다는 소식을 들은 모양이다.

그 소식을 들은 괴량, 괴월 형제는 이렇게 생각했다고 한다.

막 신위에 오른 하위 신이라면 틀림없이 약할 테고, 그를 신으로 섬겨 신앙을 생산하는 인류종이 있을 테니 신은 잡아서 박제하고 인류종은 잡아먹어야겠다.

그런 생각으로 귀하신 몸을 이끌고 이 이역만리의 변경 세계에까지 출타해 주신 거라고 한다.

문제는 그 막 신위에 오른 하위 신이란 게 나였고, 이들이 잡아먹으려 든 인류종이 내 신도, 내 백성이라는 점이었다.

아무래도 내 강함은 일반적인 하위 신으로서의 그걸 훨씬 뛰어넘은 모양이었다. 기본적으로 필멸자에서 불멸자, 신격으로 올라오기 위해서는 오직 그것만을 위해 모든 것을 걸어야 하기 때문에, 다른 능력이나 전투력은 상대적으로 떨어진다고 한다.

그런 하급 신을 두고 괴월은 신성만 높은 풍선 같은 놈들이라고 비하했다.

"물론 주인님께서는, 다르십니다. 전혀 다른, 존재이십니다……. 위대하신 분!"

그러다가도 눈알을 굴리며 내 눈치를 보곤 얼른 낑낑대긴
했지만 말이다.

[지배의 권능]에 당한 탓이겠지만, 이 권능의 효과가 처음에
는 대상의 지능을 낮추고 세뇌하는 걸 생각하면 괴월이 보이
는 비굴함은 본성에서 기인한 것일 가능성이 높았다.

전형적으로 약자에게 강하고 강자에게 굴하는 소인배이리
라.

그러나 이 하찮고 저열한 소인배가 벌이려 했던 참상은 결
코 가볍게 받아들일 수 없었다.

다행히 이번엔 누가 잡아먹히기 전에 케이와 테스카가 재빨
리 대응해 희생된 이가 아무도 없었다. 하지만 만약 내가 조
금이라도 도착하는 게 늦었다면?

케이와 테스카는 살해당하고 이진혁 시티의 시민들이 다
잡아먹혔을지도 모른다.

그 생각에 섬뜩한 기분이 들었다.

더욱이 반성해야 할 점은 이거 하나가 아니었다.

"뭐가 레벨 업을 위해 적이 필요하다는 거야……!"

나는 내가 지켜야 될 존재들이 있다는 걸 망각하고 있었다.
지나치게 급속도로 강해진 나머지 기본을 잊은 거다.

그래서 기껏 이 권능을 얻어놓고도 안 쓰고 있었다.

[차폐의 권능]
　—등급: 권능(Power)
　—숙련도: 연습 랭크
　—효과: 목표를 광범위 스킬의 대상에서 제외한다.

　권능 스킬치고는 효과 설명이 자세한 편이지만, 이것으로도 이 권능의 진가를 다 표현하진 못한다. 광범위 스킬이라는 단어가 지나치게 모호하기 때문이다.

　그런데 이 광범위 스킬에 예언이나 미래시 같은 것도 포함된다고 보면 느낌이 확 달라진다. 완전히 자신을 숨긴 채 있다가 미래를 안다고 자신만만해하는 적의 뒤통수를 후릴 수 있다는 점에서 보면 굉장히 좋은 스킬인 건 확실하다.

　그럼에도 불구하고 내가 이 스킬을 연습 랭크인 상태로 뒀던 건 내 자만심 때문도 있지만, 사용 조건의 까다로움도 한몫했다.

　이 스킬을 사용하기 위해서는 일정 시간 이상 혼자 어딘가 비밀스러운 곳에 틀어박혀 있어야 한다. 오래 틀어박혀 있을수록 스킬이 오래 지속되며, 스킬을 사용한 후 틀어박혀 효과 시간을 연장할 수도 있다.

　그런데 그동안 회식하고 다니느라 바빴던 나다. 내가 언제 어디 혼자 틀어박혀 있을 수 있었겠는가? 더군다나 연습 랭크가 괜히 연습 랭크인 건 아니라 기본 사용 조건으로 한 달 정도 틀어박혀 있는 걸 요구했다.

차라리 합성으로 랭크를 올리고 말지……. 라고 생각하고 처박아둔 지 꽤 됐다.

하지만 만약 이 스킬을 활성화시킨 상태였다면 오늘 같은 일은 벌어지지 않았을 터란 생각이 날 괴롭혔다. 차폐 상태였다면 새로운 신을 찾아내는 스킬이나 아이템 효과로도 내 존재가 들키지 않았을 테니까.

그렇다고 이제부터라도 스킬을 활성화하겠답시고 한 달간이나 어디 틀어박힐 수야 없다. 소 잃고 외양간 고치기이기도 하고.

아니, 소를 잃고 나서라도 외양간은 고쳐야지. 고쳐야 되는 게 맞다. 일단 집 나간 소부터 잡고 고치는 게 맞을 뿐이지. 한 달이나 주저앉아서 외양간이나 고치고 있을 수는 없다.

"그러니 지금 당장 쓸 수 있는 상태로 만들어야지."

방법은 있다. 스킬 융합이든 승화든 초월이든 시켜서 조건과 결과를 바꿔 버리면 된다. 결과물이 랜덤이라는 사소한 문제점도 해결할 방법이 있다. 여러 번 해보면 된다. 괜찮다. 나운 좋다. 상태창의 능력치로 999+다.

안 그래도 뷰티 포인트도 모아뒀겠다, 합성용 재료도 모아

됐겠다, 여차하면 [기적적인]과 [축복받은] 옵션을 활용한 꼼수도 있겠다, 충분히 가능하다.

더군다나 여기 내 앞에 스킬 합성에 필요한 여러 자원을 공급해 줄 공급책도 있고 말이다.

나는 내게 무릎 꿇고 엎드린 괴월을 내려다보며 다정하게 말했다.

"일단 네놈이 뭘 가지고 있는지 좀 봐야겠다."

착취의 시간이다.

*   *   *

도관법인 천계에 대한 내 개인적인 인상은 원래는 그렇게 나쁘지 않았다. 지구 시절의 기억으로 도사나 신선, 천계 같은 단어의 이미지가 그리 나쁘지 않았기 때문이다.

지금 생각하면 참 피상적인 이미지였다.

굳이 여기에 하나 더 변명처럼 추가하자면, 지금까지 굉장히 잘 써먹고 있는 주력 무장 중 하나인 [바즈라다라의 바즈라]를 내게 넘겨준 세력이기도 했던 점도 좋은 영향을 끼쳤다.

물론 이건 로제펠트를 잡은 현상금 조로 받은 거니 빚이라고 할 건 없지만, 그래도 사람 마음이란 게 그렇지 않은가. 뭔가 좋은 걸 선물 받으면 그 상대에게 좋은 이미지를 갖게 되는, 그런 지극히 인간적인 감정이 내게도 있었다.

비록 이렇게 공격을 당하고 나니 그런 막연한 좋은 이미지는 싹 다 날아가 버렸지만 말이다.

그런데 설령 공격을 당하지 않았더라도 천계라는 집단의 실태를 나중에라도 알았다면 별로 좋게 생각하지는 않았으리라.

[채음보양]
―등급: 대법
―숙련도: A랭크
―효과: 여성의 음기를 흡수해 양기를 돋운다. 숫처녀와의 교접이 가장 효과가 좋다.

이런 스킬을 쓰고 다니는 놈들도 대신선을 자처하고 다니는 세력이니 말이다.

아니, 뭐. 스킬만 배워놓고 안 쓸 수도 있지. 아니면 연인과의 사이에서만 살짝 써먹었을 수도 있고.

―숫처녀와 교접하며 [채음보양] 쓰기: 999/999

그렇게 생각하기엔 스킬에 새겨진 수련치가 너무나도 선명했다.

         *   *   *

괴월의 괴상한 스킬 셋은 [채음보양] 하나로 끝이 아니었다.

[채양보양]
—등급: 대법
—숙련도: A랭크
—효과: 남성의 양기를 흡수해 양기를 돋운다. 동정 소년과의 교접이 가장 효과가 좋다.

[채음보음]
—등급: 대법
—숙련도: A랭크
—효과: 여성의 음기를 흡수해 음기를 돋운다. 숫처녀와의 교접이 가장 효과가 좋다.

[채양보음]
—등급: 대법
—숙련도: A랭크
—효과: 남성의 양기를 흡수해 음기를 돋운다. 동정 소년과의

교접이 가장 효과가 좋다.

난잡한 거 보게. 당연하다고 해야 할지, 뭐라 해야 할지. 세 스킬 모두 수련치는 꽉 채워져 있었다. 아주 그냥 남녀 안 가 리고 잘도 해먹고 다녔다.

뭐, 그래도 서로 좋아서 한 거면 괜찮을지도 모른다. 그래, 그 가능성을 아예 부정할 순 없다.

[미혼대법]
—등급: 대법
—숙련도: A랭크
—효과: 대상의 이성을 흐트러뜨리고 동작을 어지럽게 해 제대 로 몸을 가누지 못하게 한다. 대상은 미혼대법에 걸렸던 사실과 대 법에 걸렸던 중에 일어난 일을 떠올리지 못한다.

그럼 이건 어느 용도로 쓴 스킬일까? 아니지, 위의 네 스킬 과 연계해서 썼다는 보장은 없다. 그냥 제압 스킬 대신 쓰느 라 갖고 있는 걸지도 모른다.

[최음대법]
—등급: 대법

─숙련도: A랭크

　─효과: 대상을 교접에 적절한 상태로 인도한다. 대상은 저항할 수 있으나, 혼미한 상태의 대상에게는 반드시 걸린다.

　그런데 이 스킬의 '혼미한 상태의 대상에게 사용' 수련치가 꽉 채워져 있었다.

　그럼 뭐다?

　스토리라인이 너무 명확하게 그려진다. 희생양으로 삼을 소년이나 소녀에게 [미혼대법]을 걸고 유인한 후 [최음대법]을 사용해 준비를 끝내고 [채음보양] 시리즈를 아무거나 써서 양기나 음기를 빨아먹는 모습이 말이다.

　"나는 대신선이 싫어졌다."

　아주 음란하고 비도덕적이다. 타락했다. 내가 그동안 봤던 타천사들보다도 타락한 존재들이다. 물론 내가 본 타천사라곤 루시피엘라 딱 하나지만 그건 크게 중요한 사항이 아니다.

　"이런 것들도 신선이랍시고 나대는 꼴이라니."

　신선이라는 놈들 자체가 싫어질 정도다. 일부를 보고 전체를 판단하는 건 가능하다면 지양해야 할 사고방식이라는 말이 있지만, 아무리 그래도 이건 첫인상이 너무 안 좋다.

　"…흠."

　그것과는 별도로, 나는 위에 말한 스킬을 전부 쿠폰으로 갈취해 놓았다. 당연히 내가 써먹기 위해서는 아니다. 애초에 나한테는 [미혼대법]이나 [최음대법]보다 더 좋은 [지배의 권능]과 [기아스]가 있는데 이딴 걸 어디다 써먹겠는가?

[채음보양] 시리즈도 마찬가지다. 저런 짓을 해서 얻은 음기나 양기도 써먹을 데가 없고, 써먹을 상대도 없다. 이런 스킬의 존재 자체가 별로 유쾌하지가 않다.

그럼에도 불구하고 뜯어온 것에는 이유가 있다.

"스킬 합성에는 쓸모가 있겠지."

딱 보기에도 [채음보양] 시리즈는 같은 계열이고 [미혼대법]과 [최음대법]도 서로 묶일 테니 적당한 스킬을 짝지어주면 승화는 물론이고 초월까지도 노려볼 수 있을 거다.

영 안 되겠다 싶으면 그냥 갈아서 스킬 포인트로 되돌려받아도 되고. 대법급이 어느 정도 급인지는 모르겠지만 그래도 슈퍼 레어급은 되겠지. 적당히 우려낼 수 있을 것이다.

당연하지만 착취한 스킬은 이뿐만이 아니다. 괜히 대신선이 아닌지 보유한 스킬이 꽤 충실했다. [착취의 권능]으로 그 리스트를 쭉 훑어본 나는 별로 고민할 것 없이 그것들을 모조리 갈취했다.

아니, 갈취란 표현은 적절치 않군. 어디까지나 본인의 동의를 얻어 양도받은 것이니 이건 정당한 거래다. 물론 정당하긴 해도 공정하진 않고, 이 불공정거래를 성립시키기 위해 [지배의 권능]이라는 치트를 썼지만 아무튼.

　아무리 그래도 너무 심한 것 아닌가? 하는 생각은 이 특성의 존재를 알고 나서 버렸다.

　[섭인취혼]: 인류종을 섭식하고 그 혼을 취함으로써 선력을 크게 증진시킨다.

　애초에 이 특성에 비하자면 위에 말한 스킬들은 애교에 불과하다. 고유 특성도 아니고 요선 종족의 범용 특성인데, 사람을 먹고 혼을 빨아들여 스스로를 강화하는 특성이다.

　"이것들… 악마랑 다를 바가 뭐야? 그냥 악마네?"

　"죄, 송합니다……."

　괴월이 반사적으로 사과했지만, 이건 지배자인 내가 화를 냈기 때문에 반사적으로 사과하는 것뿐이다. 자신의 과거 행적에 대한 반성 같은 게 있을 순 없다. 이것들은 원래부터가 사람 잡아먹고 살아온 것들이고, 그래서 대신선이라는 자리까지 기어 올라올 수 있었던 걸 테니.

　괴월은 이미 자신의 입으로 사람 잡아먹으러 그랑란트에 왔다고 증언했다. 본인이 인정한 이상 이런 증거품 같은 건 큰 쓸모가 없다. 압수다.

　그리고 나는 이 시점에서 괴월에 대해 자비심을 품는 게 아무 의미도 없음을 깨달았다.

"다 내놔, 이 녀석아."

나는 괴월에게 브뤼스만형을 내리기로 결심했다. 브뤼스만형이란 브뤼스만처럼 모든 스킬, 특성, 능력치, 인벤토리의 모든 아이템, 그리고 종족과 이름까지도 박탈하는 걸 뜻한다.

생각해 보니 내가 자비를 베풀 하등의 이유가 없다. 괴월은 나의 세계에 침략해 나의 권속을 상처 입히고 나의 백성을 잡아먹으려 든 침략자다.

"끄어어어억."

모든 걸 다 잃고 고기 푸딩 형태가 되어 그 자리에 무너져 내리는 괴월을 나는 차가운 눈으로 내려다보았다. 브뤼스만 때와 달리 일말의 동정심조차 생기지 않는 건 왜일까? 브뤼스만이 더 나쁜 놈이었는데 말이지.

"뭐, 상대가 인간이 아니기 때문이겠지."

나는 가볍게 넘겼다. 그야 그렇다. 인간 출신인 나다. 인본주의적인 걸 부끄러워 할 이유가 없다.

이어서 나는 괴월의 파트너인 여우 요선 괴량의 시체 쪽을 물끄러미 바라보았다. 욕망의 시선임을 부정할 순 없다.

이걸 되살려서 착취해 봐? 가만, [백년백련의 씨앗]이 남아 있던가? 없었던 것 같은데.

비록 내 손에 0.1초 만에 죽긴 했지만 경험치를 주긴 줬고,

그렇단 말은 꽤 강자란 뜻이다. 적어도 괴월만큼은 뭔가 줄 텐데, 이대로 보내긴 아쉽다.

"흠… 혹시?"

[플레이어의 것은 플레이어에게]

나는 별생각 없이 괴도의 스킬을 써보았다. 그냥 변덕 삼아 한 번 시도해 본 것에 불과하지만, 그 작은 시도를 통해 나는 시체에도 인벤토리 소매치기 스킬이 통한다는 것을 깨달았다.

"오!"

그래서 나는 스킬을 사용해 괴량의 인벤토리도 싹 털어냈다.

"괴도 스킬이 통하는데 권능 스킬이 통하지 말란 법은 없지."

[착취의 권능]

"어? 통하네?"

[착취의 권능]은 대상을 완전히 제압해 생사여탈권을 쥐는 것을 조건으로 요구한다. 그런데 재미있게도 이미 죽은 상태도 같은 조건으로 판정하는 모양이다. 좀 이상하긴 하지만 나한테 유리한 이상함이니 그냥 넘어가자. 통하면 좋지, 뭐.

나는 괴량에게서도 가져올 수 있는 모든 것을 가져왔다. 스킬, 특성, 능력치는 물론이고 이름에 종족치까지 모든 것을 다 내게 착취당한 괴량의 시체는 정체성을 잃고 그냥 뭉글뭉글한 푸딩 같은 것으로 변했다.

정신 차리고 보니 분노와 후회, 자책의 감정은 온데간데없이 나는 신나게 사리사욕을 채우고 말았다. 이래도 되는 건가?

"와아아아아!!"

이래도 된다. 자괴감은 곧 녹아 사라졌다. 어느새 모여든 이진혁 시티의 시민들이 기쁨의 함성을 내질렀기 때문이다.

타이밍상 자신들을 습격했던 거대한 너구리와 여우의 시체가 푸딩으로 화한 것을 본 결과일 터였다.

그래, 뭐. 결과가 좋으면 다 좋은 거겠지.

아직 진짜 결과는 나오지 않았음을 잘 알면서도, 그냥 지금 당장은 그렇게 생각하기로 했다.

*   *   *

마음 같아선 신나는 분위기를 이어서 바로 회식을 하고 싶긴 했다. 불안에 떨었던 신도들의 마음을 위무하기도 할 겸. 교단에서 뜯어 온 새로운 특성들도 있으니 잘 배치하면 내 성장으로도 이어질 테고.

그래도 일의 우선순위를 헷갈려선 안 되지. 미리 해놨으면 될 일을 잡신에서 벗어나 하급 신이 됐다고 너무 신을 내고 다녔다.

그래서 바로 집무실에 돌아온 나는 [차폐의 권능]부터 어떻게 해야겠다는 생각에 당장 스킬창부터 들여다보았다. 그러자 익숙한 시스템 메시지가 날 반겼다.

─동일 계열 스킬을 2개 이상 소유하고 있습니다.

─[기습하는 또 하나의 나], [차폐의 권능]

─동일 계열 스킬은 서로 합성시킬 수 있습니다. 합성하시겠습니까?

[주의!] 합성에 사용한 스킬은 다시 얻을 수 없습니다.

그래, 문제는 바로 이거였다. 초월 권능인 [기습하는 또 하나의 나]가 기습이나 은밀 계열 스킬을 다 빨아먹고 초월했기 때문에 [차폐의 권능]과 합성시킬 다른 스킬이 없었다.

그렇다고 이 둘을 합성해 봐야 별로 좋은 꼴을 볼 것 같지는 않았다. 그 근거는?

"합성에 소모되는 스킬 포인트가……."

애매하다!

적은 편이라고 할 수는 없는데, 또 그렇게까지 많이 요구하지는 않는다. 이 말 뜻은? 스킬 합성을 해봐야 딱히 대단한 결과를 기대할 수는 없다는 이야기다.

지금까지의 경험으로 볼 때, 아마 합성해도 [차폐의 권능]이 일방적으로 분할되고 끝날 거다. 랭크야 오르겠지만 그건 내가 원하는 바가 아니다. 그리고 지금까지의 경험으로 미루어 볼 때, 이렇게 분할되고 나면 두 번 합성은 못한다. 즉, 미래의 가능성을 날려먹는 셈이다.

지금 내 최고급 스킬이자 주력 스킬이 [기습하는 또 하나의 나]인데 [차폐의 권능]은 이 스킬을 더 높은 곳으로 끌어 올려 줄 몇 안 되는 스킬 재료 중 하나다. 가능성마저 소진시키면서까지 둘의 합성을 애매한 결과로 남길 순 없다.

뭔가 더 합성 재료를 찾아서 [기습하는 또 하나의 나]와 [차폐의 권능]을 융합, 더 욕심을 부리자면 승화까진 시키고 싶다.

물론 [축복받은]과 [기적적인]을 이용해서 접착제 바르듯 강제로 동일성을 부여하는 것도 가능하다. 이것도 이미 염두에 됐던 선택지다. 그런데도 내가 아직도 합성을 미루는 이유가 있다.

이유는 당연히 욕심이다.

접착제 붙여서 융합만 한다고 만사형통할 리 없지 않은가. 적절한 옵션을 끼워 넣지 않으면 분할당하고 끝일 테니. 확실한 걸 끼워 넣지 않으면 스킬 포인트만 날리고 어중간하게 분할된 스킬만 얻을 뿐이다.

그 적절한 옵션이란 게 [기습하는 또 하나의 나]의 결점을 보완하는 형태가 되어야 하는데, 내 눈엔 이 사기 스킬에서 딱히 결점이라 꼽을 만한 게 보이지 않았다.

이게 다 [기습하는 또 하나의 나]가 지나치게 완벽한 스킬인 탓이다. 부족한 점을 메우고 더 강력한 스킬로 만들고 싶은데 그러기엔 답이 안 나온다.

아, 그냥 나중에 생각하고 싶다. 그런데 또 이래서야 같은 실수를 반복하는 꼴밖에 안 된다. 지금 뭐라도 해야 한다. 뭐라도…….

"뭐라도, 뭐라도……."

그렇게 나는 내 집무실에 반나절을 혼자 앉아 있었다.

물론 그냥 고민만 하겠다고 시간을 낭비한 건 아니다.

집무실에 혼자 틀어박혀 있는 것도 일단은 [차폐의 권능] 사용 조건을 만족시켜 주기는 한다. 그러니 만약의 사태에 대비해 조건을 조금씩이라도 채워놓을 셈이었다. 한 달간 혼자 틀어박혀 있으란 조건이 연속해서 한 달을 요구하진 않으니 가능한 선택이었다.

그렇다고 이대로 한 달을 틀어박힐 생각은 없지만. 이것도 그저 보험일 뿐이다. 베스트는 역시 [차폐의 권능]을 승화시키는 건데, 답이 잘 안 보인다.

"뭐라도 해야 돼."

욕심을 버릴까? 그냥 접착제 발라서 대충 융합하고 말아? 그럼 [차폐의 권능]이라도 쓸 만해질 텐데. 일단 초월 랭크가 될 테니 뭐라도 옵션이 붙을 거다.

"음……."

역시 그러고 싶진 않았다.

내적 갈등을 견뎌내기 위해, 나는 기분 전환 삼아서 다른 스킬들을 만지작거리기 시작했다.

괴량과 괴월이 주고 간 스킬들은 별로 쓸모 있어 보이지는 않았다. 이것들은 왜 이렇게 방중술을 좋아하는 건지. 그리고 사람 잡아먹는 걸 좋아하는 건지. 스킬들이 다 그런 식이었다.

그래도 다른 스킬들이랑 합성시키고 나면 좀 괜찮아지지 않을까? 하는 생각이 들긴 한다. 이제까지도 그랬던 예가 없었던 것도 아니고.

―동일 계열 스킬을 5개 이상 소유하고 있습니다.

―[착취의 권능], [채음보양], [채양보양], [채음보음], [채양보음]

―동일 계열 스킬은 서로 승화시킬 수 있습니다. 스킬 승화를 실행하시겠습니까?

[주의!] 승화에 사용한 스킬은 다시 얻을 수 없습니다.

─동일 계열 스킬을 3개 이상 소유하고 있습니다.

─[지배의 권능], [미혼대법], [최음대법]

─동일 계열 스킬은 서로 융합시킬 수 있습니다. 스킬 융합을 실행하시겠습니까?

[주의!] 융합에 사용한 스킬은 다시 얻을 수 없습니다.

문제는 두 스킬이 모두 다 권능급 스킬을 합성 대상으로 삼느라 승화 및 융합에 드는 스킬 포인트가 장난이 아니라는 거였다. 보자마자 바로 합성을 실행하지 않은 이유가 바로 그거였다.

뷰티 포인트를 많이 모아둬서 여유가 있긴 하지만, [기습하는 또 하나의 나]와 [차폐의 권능] 합성에 스킬 포인트가 얼마나 필요할지 모르니까. 더군다나 합성이 아니라 승화나 초월을 노리고 있는 내 입장에선 일단 아껴놓고 볼 수밖에 없었다.

그래서 이 두 케이스의 합성은 일단 뒤로 미뤄두긴 했는데, 다시 생각해 보니 어차피 이대로 방법이 없으면 그냥 [기습하는 또 하나의 나]와 [차폐의 권능]을 합성시킨 후 분할받는 수밖에 없다.

그럴 거면 차라리⋯⋯.

"질러보자."

고민 끝에, 결국 나는 금단의 선택을 했다.

Chapter 3

금단의 선택. 그것은 바로…….

"두번째 초월 권능을 노린다."

이거였다.

초월 권능이 어디 원한다고 툭툭 튀어나오는 건가? 아니었다. 하지만 지르면 나온다. 나올 거다. 나오겠지? 나는 내 행운을 믿는다. 내 행운이 괜히 999+가 아니란 말이지! 그러니까 나온다!

"질러라!"

그것도 그냥 지르는 게 아니었다. 기왕 하는 거 나는 아주 크게, 대범하게 지르기로 마음먹었다.

[채음보양]을 비롯한 이 시리즈 대선술급 스킬들은 명확하게 서로 간의 연결 고리가 존재한다. 즉, 접착제처럼 쓸 수 있다는 소리다.

그러니 [착취의 권능]의 승화 조건에 붙은 스킬들과 [지배의 권능]의 융합 조건에 붙은 스킬들을 붙이고 뭔가 비슷한 스킬 두 개를 더해서 스킬 초월이 이론상 가능해진다.

그런데 여기서 문제가 또 하나 생겨난다. [착취의 권능] 자체가 스킬 초월로 생겨난 만큼, 착취 계열 스킬은 이미 다 끌어다 썼다는 것이 바로 그거였다. 그러니 [지배의 권능]에 관련된 스킬을 두 개 더 찾아야 한다.

"링링!"

이럴 땐 역시 [레벨 업 마스터]다. 정확히는 상점 기능 말이다. 처음 봤을 때는 허름한 고물상 같았던 상점의 모습은 이제는 백화점의 명품 샵처럼 잘 꾸며져 있었다. 그런 가운데, 꽤나 화려한 의상의 링링이 튀어나와 내게 예의 바르게 인사했다.

—만나 뵙게 되어 가문의 영광이옵니다, 영웅왕 폐하!

"아, 역시 너도 그렇게 부르는구나."

뭐, 예상은 했었다.

—그야 그렇죠. 폐하 덕에 말이죠, 저는 인류연맹에선 폐하

의 가신 취급을 받고 있다니까요? 말 그대로 대출세, 가문의 영광이에요. 에헤헤헤헤.

링링은 굉장히 기뻐 보였다. 누구에게라도 뭔가 자랑을 하고 싶은 욕심이 얼굴에 묻어 나온다.

"그렇구나. 그래서 내가 왜 널 불렀냐면……."

─저한테 너무 관심 없으신 거 아니에요, 폐하?!

없진 않지만 시간 낭비를 하고 싶진 않았다. 나는 바로 요구 사항을 말했다.

"지배 계열 스킬이 필요해."

─지배 계열 스킬을 찾으시는군요. 그렇다면 이런 게 있어요.

상인답게 재빠르게 자신의 감정을 접고 요구에 응하는 모습, 마음에 들었다.

[드래곤 길들이기]
─등급: 전설
─효과: 드래곤을 길들일 수 있다.

아직도 인류연맹에서는 귀하게 여기는 전설급 스킬을 꺼내다 준 건 고맙지만, 이게 과연 지배 계열 스킬일까? 조련 스킬에 가깝지 않나?

그러고 보니 튜토리얼 세계에서는 질리도록 잡았던 드래곤이었지만 바깥으로 나온 후론 단 한 마리도 목격조차 한 적이 없는데 이 스킬은 과연 쓸모가 있는 걸까?

그런 류의 의문은 품을 필요가 없다. 링링이 지배 계열이라고 인증한 데다, 어차피 합성 재료로 쓸 스킬이니까. 덥석 사서 스킬창에 넣으니 과연, [지배의 권능]과 반응한다.

—어떠세요?

"좋아. 다른 거 하나 더."

—그럼 이건 어떠세요?

[군주의 반지]
—등급: 전설
—효과: [군주의 반지] 아이템을 생성한다. 생성한 반지를 착용한 대상을 지배할 수 있다. 오래 착용하고 있을수록 지배력이 높아진다.

재미있는 스킬이다. 그냥 이대로 합성 재료로 녹여 버리는 것이 아까울 정도로. 하지만 상위 호환 스킬인 [지배의 권능]을 두고 이걸 주력으로 쓰겠다는 건 말이 안 된다. 더군다나 스킬창에 넣자마자 시스템 메시지가 바로 뜬다.

─동일 계열 스킬을 5개 이상 소유하고 있습니다.

─[지배의 권능], [미혼대법], [최음대법], [드래곤 길들이기], [군주의 반지]

─동일 계열 스킬은 서로 승화시킬 수 있습니다. 스킬 승화를 실행하시겠습니까?

[주의!] 승화에 사용한 스킬은 다시 얻을 수 없습니다.

나는 만족스러운 미소를 지을 수 있게 되었다.

"됐다. 고마워."

─별말씀을요! 이게 제 일인걸요!

"그럼 다음에 또."

─다시 뵐 날을 기다리고 있을게요!

[레벨 업 마스터]를 인벤토리에 도로 집어넣은 나는 심호흡을 크게 한 번 했다.

자, 그럼 시작해 볼까?

도박을!

*　　　*　　　*

상급 신, 에르메스는 왕의 궁전에 도착했다.

오늘은 한 달에 한 번 있는 정기 보고 날이었다.

설령 아무것도 보고할 것이 없어도 오늘은 왕의 대전에 나와 적어도 보고할 것이 아무것도 없음을 보고해야 했다.

물론 이날이 에르메스만의 날인 것은 아니다. 그를 제외하고도 왕에게 보고할 신하는 많았으니. 에르메스는 잠자코 자신의 순서를 기다렸다. 머릿속을 비우려 애쓰며.

"다음, 에르메스 경!"

왕의 옆에 선 환관이 크게 외쳤다. 에르메스는 그 외침을 듣고 묵묵히 왕의 앞에 나아갔다.

"반갑네, 에르메스 경. 한 달 만이로군."

"강녕하신 모습에 기쁘기 한량 없나이다, 폐하."

매번 나누는 대화다. 그저 일상적인 회화일 뿐이다. 그럼에도 불구하고 왕의 눈이 불길하게 반짝였던 것처럼 보인 건 자신만의 착각일까?

에르메스는 나쁜 예감을 털어내려 애썼지만, 한 번 들러붙은 찐득찐득한 불안감은 좀처럼 떨어지질 않았다.

보고하기에 앞서, 에르메스는 크게 숨을 들이켰다.

"폐하, 정기 보고 올리겠나이다."

이제는 더 이상 미룰 수 없다. 돌이킬 수 없다. 숨길 수도 없다. 이 이상 숨겼다간 자신의 태업을 자기 입으로 고발하는 것이나 마찬가지니. 설령 이것이 함정일지라도 밟지 않을 수 없는 상황에 놓이고 말았다.

마른침을 한 번 삼킨 후, 에르메스는 [신의 목록 두루마리]를 펴 들었다. 그 목록의 마지막에 왕에게 고할 새로운 신의 이름이 새겨져 있을 터. 이미 그 이름을 봤음에도 불구하고, 에르메스는 의례적으로 손가락을 움직여 목록을 훑어나갔다.

"…어?"

목록을 확인한 에르메스는 크게 놀라 자기도 모르게 소릴 내고 말았다.

"무슨 일인가, 에르메스 경."

"아무것도, 아무것도 아닙니다."

한 번 헛기침을 한 후, 에르메스는 평소와 다르지 않도록 주의해 목소릴 내어 말했다.

"이번 달에도 새로운 신은 나타나지 않았습니다. 아무도 없습니다."

그것이 에르메스가 놀란 이유였다. 분명히 [신의 목록 두루마리]에 그 이름이 새로이 새겨진 하급 신, 이진혁의 이름이 목록에서 사라져 있었다.

"…그러한가."

"그렇사옵니다, 폐하."

에르메스의 대답에 왕은 뭔가 마음에 들지 않은 듯 몇 번 고개를 갸웃거리다가, 마치 혼잣말이라도 하듯 작은 목소리로 중얼거렸다.

"내가 들은 것과는 다르군."

왕의 중얼거림에 에르메스는 차가운 손으로 심장을 움켜쥐어진 것 같은 착각에 휩싸였다.

"목록을 확인해 봐야겠다. 이리 오라, 에르메스 경."

에르메스는 바로 두루마리를 펴 보여주곤 자신의 무고를 확인받고 싶은 충동에 휩싸였으나, 그래서는 안 된다는 사실을 잘 알고 있었다. 망설이는 척하며 잠자코 있으려니, 신하들 중 누군가가 대신 나서주었다.

"폐하, 신의 목록을 확인하는 것은 에르메스 경의 고유한 권한. 폐하께오서 귀하신 눈을 더럽힐 필요가 없습니다."

"그러하옵니다, 폐하. 천한 일은 아랫것에게 맡기시옵소서."

말만 들으면 에르메스를 천한 것 취급하는 것 같지만 에르메스는 조금도 불쾌해하지 않았다. 저들이 말하는 더러운 것, 천한 일은 모두 신하들의 일을 뜻한다. 말을 조금 꾸며놓았을 뿐, 모두들 왕이 신하의 권한을 넘봄을 경계하고 있을 뿐이다.

"통촉하여 주시옵소서!"

아니나 다를까, 모든 신하들이 약속이라도 한 듯 동시에 외쳤다. 이해관계의 일치가 만들어낸 기적적인 호흡의 일치였다.

평소라면 이 정도에서 왕이 뭔가 큰 양보라도 하듯 물러나고 상황이 정리될 터였다.

저들로서는 일상적인 신경전이나, 에르메스는 어쩐지 구원받은 기분이 들었다. 그러나 그것이 기분 탓임을 깨닫기까지는 1초의 시간도 걸리지 않았다.

"닥치거라!"

왕이 고귀한 몸을 일으켜 신하들에게 호통을 치는 게 아닌가? 자주 있는 일은 아니다. 이미 상황은 일반적이지 않은, 이례적인 분위기로 넘어가 있었다. 갑작스러운 왕의 반격에, 궁정에서의 다툼에 익숙한 중신들마저 움찔했다.

"에르메스에게는 허위 보고의 혐의가 걸려 있다. 왕에게 허위 보고를 올리는 것은 곧 반역이다! 그대들은 반역자를 감싸는가? 반역자를 감싸는 것 또한 반역이라는 것은 잘 알고 있겠지?"

그러자 신하들이 조용해졌다. 반역이라면 확실히 이야기가 다르다.

더 이상 자신을 위해 나서줄 이가 나타나지 않자, 에르메스는 조용히 읊조렸다.

"신, 에르메스는 반역을 저지르지 아니하였나이다."

침묵이 채워져 있던 대전에 그 나지막한 목소리는 아주 잘 들렸다. 그러자 왕은 흥분을 가라앉힌 듯 다시 옥좌에 앉으며 에르메스에게 말했다.

"짐도 그대를 믿는다. 그러나 혐의가 걸려 있음 또한 사실이니, 그대가 그대의 혐의를 스스로 벗고 결백을 증명하라."

이렇게 되면 더 이상 뻗댈 수 없다. 아니, 에르메스는 이런 귀찮고 복잡한 절차를 생략하고 처음부터 그냥 두루마리를 보이고 싶었다. 보여주면 해결될 일이니 말이다.

그렇기에 에르메스는 천천히, 그러나 망설임 없이 옥좌를 향해 나아가 왕의 눈이 닿는 곳에 이르러 두루마리를 펼쳐 보였다.

"신은 거짓을 고하지 아니하였나이다."

두루마리를 완전히 펴 든 후, 에르메스는 나지막하니 고했다. 왕이 흥분하지 않도록, 자존심 상해하지 않도록 말하는 것은 어려운 일이었다. 자신이 성공했는지 어땠는지조차 스스로 말하고도 몰랐다.

그 성패가 그다지 중요치 않음을 곧 알 수 있었다. 왕이 눈을 크게 떴다. 의외의 것을 보는 표정, 계획에 없던 일을 마주한 자의 표정이었다.

'왕은 알고 있었다.'

어떤 일로 심기가 불편했던 왕이 그냥 우연히 자신을 찍어 시비를 걸었다는, 에르메스가 스스로 생각하기에도 희박하기 짝이 없는 가능성마저 부서지는 순간이었다.

'새로운 하급 신이 나타났었다는 것을……. 알고 있었어. 중간에 사라졌다는 것은 몰랐지만. 그건 나 또한 몰랐으니. …하지만 어떻게?'

머리가 어질어질했다. 에르메스는 되도록 감정을 드러내지 않기 위해 노력했으나, 그 때문에 얼굴에 핏기가 가셔 허옇게 보였다. 마치 병든 자처럼 말이다.

어쨌든 실제로 두루마리의 끄트머리엔 새 이름이 없음을 왕의 눈으로 직접 확인했으니, 이로써 에르메스는 자신의 무고함을 증명한 것이 되었다.

"…그대는 결백하다."

왕은 씹어뱉듯 고했다. 그러자 신하들이 동시에 통쾌하니 외쳤다.

"성은이 망극하옵니다, 폐하!"

이제 공격권은 다시 신하들에게 돌아왔고, 왕권은 조금 깎여 나갔다. 그러나 에르메스는 이걸 해피 엔딩이라 여기지 않았다.

'누군가가 날 모함했어.'

아니, 모함이 아니다. [신의 목록 두루마리]를 훔쳐본 이가 새로운 신이 나타났음을 미리 왕에게 고한 것이리라. 하지만 누가? 무슨 목적으로?

에르메스 몰래 두루마리를 열어본다는 건 불가능하다. 에르메스의 손을 떠나면 두루마리는 아무것도 보여주지 않으니까. 애초에 두루마리는 인벤토리 안에 보관해 두니 훔쳐 가는 것도 불가능, 되돌려 두는 것도 불가능하다.

'페트록, 너만은 아니면 좋겠는데.'

에르메스는 자신이 이진혁의 이름을 확인했을 때 함께 있었던 심복 올빼미의 이름을 떠올렸다. 배신과 음모가 횡행하는 이 만신전에서 유일하게 믿을 수 있는 존재라고 생각했던 상대의 이름을.

'그러나 다른 용의자는… 없어.'

에르메스는 살점이 찢겨 나가는 것 같은 고통을 느끼며 생각했다.

*　　　*　　　*

"됐… 다!"

나는 성취감에 몸을 부르르 떨었다.

거두절미하고 말하자면 [지배의 권능]과 [착취의 권능]을 접붙여서 스킬 초월을 시도했던 건 실패로 돌아갔다. [지배와 착취의 권능]이라는 그냥 기능이 추가된 초월 랭크의 또 다른 권능 스킬이 만들어졌을 뿐이었다.

그때 나는 깨달았다. 스킬 초월로도 초월 권능을 못 만들 수도 있다는 사실을 말이다. 원인은 명백했다. 재료로 들어간 권능 스킬이 두 개밖에 안 됐던 게 원인이었다.

[기습하는 또 하나의 나]를 만들 때 들어갔던 권능 스킬이 몇 개였던가? 최소한 그 정도 성의는 보여야 비로소 권능을 초월하는 슈퍼 파워를 손에 넣을 수 있다는 걸 나는 너무 늦게 깨달았다.

그런 까닭에 나는 다시금 스킬을 끌어모아 이번에야말로 성의를 보였다. 그리하여 드디어 나는 실패로 인한 교훈을 제대로 살려 새로운 힘을 손에 넣을 수 있게 되었다.

[폭군의 정당한 권리행사]
─등급: 지배(Rule)
─숙련도: 궁극 랭크

그게 바로 이거였다.

지배급이라는, 나로서도 처음 보는 등급의 스킬! 이 등급이 초월 권능급보다 높다는 건 대단히 명확했는데, 왜냐하면 이 스킬의 재료로 들어간 게 내 유일한 초월 권능 스킬이었던 [기습하는 또 하나의 나]였기 때문이다.

이 우주의 패권 세력인 교단을 배후에서 지배한 높으신 분 중에서도 특히 높으신 분이었던 브뤼스만조차 초월 권능급 스킬을 처음 본다고 했었다.

그런데 이건 그거보다 더 높은 지배급이다. 랭크조차도 초월 랭크 이상일 게 틀림없는 궁극 랭크다.

미친 척하고 주력 중의 주력이자 가장 귀하고 쓸모 있었던 스킬을 갈아 넣은 보람이 있었다. 어쩌면 난 인류 미답의 경지에 올라선 것인지도 모른다.

"후후후, 후후, 후……."

그러나 이 스킬을 만들어내기 위해 치렀던 희생은 결코 가볍지 않았다. 먼저 말한 [기습하는 또 하나의 나]와 더불어 실패작이었던 [지배와 착취의 권능]은 당연히 갈려 들어갔고, [차폐의 권능]도 녹여 넣었다.

이걸로 끝이 아니다. 이것만 들었다면 별로 아깝지 않았을지도 모른다.

꽤 오랫동안 쓸 일이 없었던 [징벌의 권능]도 소모해야 했다. 이모저모 쓸모가 많았던 [거짓 간파의 권능]과 [불굴의 권능], 뭐 이 정도는 괜찮을지도 모른다. 바로 전에 되게 유용하게 써먹었던 [봉인의 권능]과 [즉살의 권능]. 여기서부터 뼈가 아파지기 시작한다.

결정타였던 게 [반환의 권능]이다. [반격의 신]까지 갈아 넣어가며 +10강에 초월 랭크로 소중히 키워왔던, 지금까지도 내 목숨을 몇 번이나 건져준 이 스킬까지도 재료로 써먹었다. 지금 와서야 말하지만 난 그때 제정신이 아니었다.

이렇게 해서 초월 권능 스킬 하나와 권능 스킬 9개, 추가로 [신산귀모]와 [기아스]를 포함한 숫자를 세기도 귀찮을 정도로 많은 스킬들을 재료로 걸고 한 도박에서 나는 기어이 승리했다.

─[패시브] 효과: 스킬, 특성, 아이템 효과의 대상이 되지 않는다.

+[추가]: 미리 제외 설정을 통해 특정 스킬, 특성, 아이템 효과를 받을 수 있습니다.

먼저 [차폐의 권능] 때의 귀찮은 요소, 혼자 틀어박히기 조건이 삭제되고 아예 패시브 상태로 [차폐의 권능]과 유사한 효과를 얻을 수 있게 되었다. 더욱이 스킬 효과를 끄지 않은 채 원하는 스킬의 효과를 골라서 받을 수 있는 제외 설정도 추가되었다.

그러나 이것은 이 스킬의 편린에 지나지 않는다.

─[스위치] 효과: 스위치 설정을 통해 추가 패시브 효과를 얻는다.

+[스위치] [음] 효과: 음기를 소모한다. 이 상태에서는 양기가 축

적된다. 존재감을 숨긴다. [기습 준비 태세] 효과를 얻는다.

+[스위치] [양] 효과: 양기를 소모한다. 이 상태에서는 음기가 축적된다. 존재감을 드러낸다. [폭군의 오라]를 상시적으로 발동한 상태가 되며, [폭군의 오라]에 노출된 적대 대상은 [극도 혼란], [극도 공포], [극도 충격] 상태이상에 빠질 수 있다.

+[스위치] [중립] 효과: 스위치 추가 효과를 얻지 않는 대신 음기와 양기를 동시에 축적시킬 수 있다.

괴량과 괴월로부터 잔뜩 뜯어온 음기와 양기를 각각 소모해 스위치 효과란 걸 얻을 수 있고 쓸데없이 [채음보양] 같은 거 할 필요 없이 중립 상태에서 음기와 양기 모두 쌓을 수 있는 기능도 붙었다.

여기까지가 패시브 효과다. 액티브 효과는 또 따로 있다.

—[폭군의 대역]: [폭군의 대역]을 생성한다. 스위치 상태에 따라 추가적인 효과를 얻는다. 이 방법으로 생성할 수 있는 [폭군의 대역]은 총 12개체로 한정된다.

액티브 효과 중 하나인 [폭군의 대역]은 이 스킬의 일개 옵션에 불과하지만, [폭군의 대역]은 사실상 [기습하는 또 하나의 나]의 업그레이드 버전이다.

스위치를 [음]인 상태로 쓰면 예전처럼 [투명화], [기척 차단], [기습 준비 태세]가 걸린 채로 소환되고 스위치를 [양]인 상태로 쓰면 대역이 등장할 때마다 [폭군의 오라 폭발]을 일으켜 [폭군의 오라] 패시브의 10배 효과를 순간적으로 발생시킨다.

[중립] 상태에서는 다른 부가 효과가 없는 대신 생성에 필요한 신성이 절반으로 할인된다.

6개체가 최고였던 초월 권능급 때와는 달리 12개체까지 늘어났으며, 유효 거리도 초월 권능급일 때보다 훨씬 늘어났다. 그리고 사용을 위해 미리 영양분을 섭취해 둘 필요도 사라졌다. 그냥 신성만 소모하면 된다.

그 외에 재료로 쓰였던 다른 권능들의 효과도 액티브 옵션으로 들어왔는데, [폭군의 대역]과 마찬가지로 스위치에 따라 여러 부가 효과도 붙고 전체적으로 업그레이드된 데다 권능 스킬 때 붙었던 요구 조건이 사라져서 쓰기 편해졌다.

한 줄로 요약하자면, 기어이 나는 내가 원하던 목표에 도달했다.

"이겼다. 하하하."

한창 기뻐하고 났더니 나른함이 먼저 찾아왔다.

뷰티 포인트도 다 썼고 스킬 포인트도 바닥을 드러냈으며, 괴량과 괴월로부터 뜯어온 스킬들을 다 재료로 쓰거나 스킬

분해로 갈아먹었다.

분명 손해는 안 봤고 좋은 쇼핑인 건 맞는데, 물건을 손에 쥔 후 텅 빈 통장을 확인했을 때의 허망함과 비슷했다. 지구 시절에는 집을 사본 적도 없고 차를 사본 적도 없어서 잘은 모르지만, 뭐 그런 걸 크게 질렀을 때의 느낌과 비슷한 거 아닐까?

"그래도 사실상 지배 등급 권능이 10개 생긴 거나 마찬가지 니……."

그런 혼잣말로 상태창의 허전함을 위로하려다, 나는 문득 어떤 발상에 이르렀다.

"…가만. 이걸 스킬 분할로 분할하면 지배 등급 스킬이 여러 개 생기는 거 아닌가?"

이렇게 있을 수 없지! 나는 누워 있던 자리에서 벌떡 일어나 바로 스킬창을 켜고 스킬 분할을 시도해 보았다. 그러자……

─지배 등급의 스킬은 분할이 불가능합니다.

"뭐, 그럴 거 같았다."

권능급도 분할이 안 됐는데 지배급이 될 리가. 나는 깔끔하게 포기했다.

대신 나는 좀 더 심플하게 생각하기로 했다. 어쨌든 [기습하는 또 하나의 나]를 강화하고 [차폐의 권능]을 쓸 만하게 만들어보겠다는 당초의 목적은 달성했다.

그거면 된 거 아닌가?

그것과는 별개로, 나는 다음 적이 빨리 쳐들어오길 바라게 되었다. 갈아먹은 스킬 포인트를 다시 회복하는 가장 효율적인 방법이 적에게서 거둬들이는 거니, 그렇게 바랄 수밖에 없다.

*   *   *

"자, 이제 어쩐다?"

일단 급한 일을 처리했으니, 이제 다음에 어떻게 움직여야 할지 고민할 차례였다.

"복수… 를 하긴 애매하지."

사실 은원 관계는 이미 청산된 상태다. 내 세계를 침략한 괴량과 괴월은 내가 죽여 없앴다.

문제는 그들이 속해 있던 세력이었다.

"도관법인 천계."

교단만큼은 아니지만 인류연맹보다는 훨씬 큰, 이 세계의 주류 세력 중 하나로 꼽히는 세력이다.

머리를 식히고 냉정하게 생각하면 천계 전체를 적으로 돌릴 일이 아니란 건 금방 깨달을 수 있었다. 더욱이 괴월처럼 사람을 잡아먹어 신선의 자리에 오른 요선은 천계에서도 마이너리티였다. 이건 괴월 본인이 증언한 사실이었다.

하지만 나는 곧장 최악의 경우에 대해 생각하기 시작했다.

"…천계와의 전면전이라."

물론 잘못한 건 명백히 따지자면 천계쪽이다. 먼저 침략한 건 괴량, 괴월 형제고 우리는 맞서 싸웠을 뿐이니까.

그런데 우리 그랑란트는 신진 세력이고 변방 세력이며 상대적으로 약소 세력이다. 사실 세력 크기로만 치면 인류연맹보다 작을지도 모른다.

반대로 천계는 강력하고, 그들 중 일부라고는 하나 우리 세계의 인류종을 군침 도는 식량자원으로 보는 자들이 존재한다.

지구의 제국시대, 선교사 하나 죽은 것을 빌미 삼아 군대를 보내 침략하고 식민지로 삼은 식민제국들의 행태가 여기서 재현되지 않으리라고 누가 장담할 수 있겠는가?

그러니 미리 대비해야 했다.

나는 곧장 교단에 연락을 넣었다.

—예, 폐하. 급하신 용무는 잘 처리하셨는지요?

잭 제이콥스의 목소리가 들렸다.

"그래, 잭. 사실 처리는 곧장 했지. 그 뒷수습에 시간을 좀 쓰게 됐지만."

—무사하신 것 같아 다행입니다. 사실 폐하 걱정은 크게 안 했지만요.

"다행히 나 말고도 다들 무사해. 그보다……."

나는 괴량과 괴월에 대해 말했다.

"그래서 천계에 대한 정보가 필요해."

사실 천계에 대한 정보는 괴월을 심문해서 얻은 게 있었다. [지배의 권능]에 걸린 채 실토한 거니 거짓증언일 가능성은 거의 없었다. 그러나 괴량, 괴월은 천계에서도 주류 세력이 아닌 아웃사이더라 가진 정보가 부정확한 것도 많았고 모르는 것도 많았다.

그래서 나는 교단이 가진 천계에 대한 정보를 받아 교차검증을 해볼 생각이었다.

—원하시는 정보는 곧 정리해서 보내 드리겠습니다. 그리고 저희의… 교단의 힘이 필요하시다면 언제든 말씀하십시오.

"알았어. 배려 고맙군."

—별말씀을. 교단이 폐하께 진 빚을 생각하면 이 정도는 아무것도 아닙니다.

나는 잭 제이콥스와의 통신을 끝냈다.

"흠. 세력과의 싸움이라."

이미 나는 교단과 싸워 이긴 적이 있지만, 그 싸움은 교단 전체를 적으로 돌린 싸움이 아니었고 브뤼스만이라는 배후 세력과의 싸움이었다.

더욱이 도중부터는 크루세이더라는 아군을 손에 넣기도 했으니, 사실상 교단을 도와 브뤼스만을 몰아낸 싸움이라고 하는 게 더 정확했다.

천계는 교단보다야 훨씬 약하겠지만, 이 세계의 주류 세력 중 하나다. 나 혼자 힘으로 상대할 수 있을 리 없다. 그나마 교단에 도움을 청해볼 수 있다는 게 이전과 다른 점이다. 인류연맹은… 무리겠지. 그쪽은 그냥 계산에서 빼두자.

천계와의 전면전을 염두에 두자면, 역시나 본진 방위의 수단을 강구할 수밖에 없었다. 지금의 내게 있어서 본진이라 함은 물론 그랑란트를 뜻한다.

"더욱이 자존심 상하는 일도 있었고."

내 천사인 케이와 테스카가 고작 대신선인 괴량, 괴월 형제에게 전투력으로 밀리고 심지어 잡아먹힐 뻔도 했다는 사실이 바로 그것이었다.

"케이, 테스카."

나는 두 천사를 내 집무실로 불렀다. 둘은 마치 장난을 치다 들킨 어린애들처럼 시무룩하니 내 앞에 서 있었다. 마치 싸움에서 진 게 자신들의 잘못이라고 여기는 듯했다.

…내 책임이 크다.

다른 일행들은 내가 데리고 다니면서 이래저래 키웠다. 직접적으로 악마 왕들의 코어를 먹어 치운 비토리야나뿐만이 아니다. 안젤라와 키르드, 루시피엘라도 내게서 바즈라를 받아 악마들을 처치함으로써 능력치를 한계까지 끌어 올리고 신성을 쌓았다.

그러나 케이와 테스카는 내 권속으로 있으면서 그랑란트를 관리했을 뿐, 달리 힘을 쌓을 기회를 얻지 못했다.

물론 이 둘은 이진혁 교의 중간관리자로서 내 신성을 나눠 받으며 떨어졌던 격을 되찾고 있다. 언젠가는 다시 예전의 신위에 오를 수 있게 될지 모른다.

아니, 그렇게 될 거다. 아주 오랜 시간이 지나면 그렇게 되겠지. 하지만 그래서야 시간이 너무 많이 걸린다.

따라서 나는 내 천사들을 극적으로 강화시켜야겠다는 생각을 품게 되었다.

다행히 내게는 그 수단이 있었다.

물론 회식을 통해 [한계돌파]를 공유시켜 한계 레벨을 뚫어주고 경험치를 퍼부어주는 것도 방법은 방법이다.

그런데 그것만이 방법은 아니다.

"…티켓."

나는 인벤토리에 손을 쑤셔 박아, 티켓들을 꺼내 들고 씨익 웃었다.

*   *   *

[티켓 발행인] 특성은 적에게서 그 능력을 강탈하는 것이 전부가 아니다. 어쩌면 그 본질은 다른 이를 좀 더 손쉽게 지원할 수 있는 것에서 오는지도 모른다. 적어도 브뤼스만은 그렇게 해서 교단을 꼭두각시로 만들었었다.

그리고 내게는 이러한 티켓들이 있었다.

[채음보양 티켓], [채양보양 티켓]……. 이뿐만이 아니다. 적어도 두 대신선들이 똑같이 갖고 있던 그 외 여러 대법 스킬들은 다 티켓으로 갖고 있었다.

왜 이런 게 내게 남아 있느냐면 나는 이 대법 스킬들을 괴량에게서 [착취의 권능]을 통해 착취해 냈고, 따라서 괴월에게서 티켓화시켜 받아낸 걸 또다시 뜯을 필요가 없었다. 물론 겹친 스킬들은 강화되지만, 쓰지도 않을 스킬들을 고작 강화 한 번 하자고 뜯을 이유도 없었다.

더불어 [폭군의 정당한 권리행사]를 얻고자 합성 재료로 쓴 스킬들은 티켓으로도 다시 얻을 수 없었다. 그런 의미에서 이 티켓들은 내겐 정말 갈아서도 먹지 못할, 아무 쓸모없는 티켓인 셈이다.

추가적으로 대신선 직업 티켓도 고스란히 남아 있었다. 주리 리에게 문의해 본 결과 대신선은 그래도 4차 전직 직업군인 모양이었다. 히든 전직이라도 뚫지 않는 한 꽤 강력한 직업이란 소리다. 물론 이미 히든 2차를 뚫은 나와는 별 관련이 없는 이야기지만.

그러니 내가 내 권속이자 천사인 이들에게 이것들을 나눠 주는 걸 조금도 거리낄 필요가 없었다. 몸이 커져 못 입게 된 옷을 물려주는 느낌이리라.

내게 쓸모없는 걸 넘겨주는 건지라 나로선 어쩐지 좀 미안함마저 느껴졌지만, 이것들을 받은 케이와 테스카는 크리스마스 선물로 줄곧 원하던 물건이라도 받은 것처럼 기뻐했다. 얼굴이 빨개져서 좋아하는 그들의 모습에 나는 양심의 가책마저 느꼈다.

진작 더 잘해줄걸.

당연한 이야기지만 나는 이걸로 지원을 끝낼 생각이 없었다. 후방을 든든히 하자는 데 나 아깝다고 물자를 아끼겠는가?

괴량과 괴월의 인벤토리에 있던 신선 전용 아이템을 기적에 축복까지 걸어 지원해 줄 거고, 적어도 이들이 대신선 직업 20레벨을 달 때까지는 회식을 할 생각이었다.

"그렇지, 참."

나는 교단에서 얻은 특성 두 장을 꺼냈다. 카자크의 범용 특성이었던 [라면 먹고 갈래?]와 이름 기억 안 나는 교단 여성의 고유 특성이었던 [사랑의 물방울]. 서로 부부인 이들 둘이 이 특성을 최고로 잘 살려줄 것이라 나는 믿어 의심치 않았다.

물론 테스카의 고유 특성으로 그 과실을 내게도 공유해 줄 것이고 말이다.

나 참, 이것도 결국 날 위한 거였다.

"오, 주여! 그것은!!"

그럼에도 불구하고 케이와 테스카는 매우 기뻐하며 각종 티켓을 받아 들어 내 죄책감을 아주 약간이나마 경감해 주었다.

*   *   *

한편, 도관법인 천계에서는 난리가 났다.

대신선 괴량과 괴월이 살해당했다는 소문이 파다한 가운데, 그 보복을 위해 이진혁과 그가 머물고 있는 그랑란트 세계를 정복하자는 선동이 거리를 뒤덮고 있었다.

물론 천계 입장에선 이 소식을 알 방법이 없었다. 변경 세계인 그랑란트에서 일어난 일을 천계에서 어떻게 알겠는가?

천계의 구성원들이 알 수 있는 일이란 건 괴량과 괴월이 비밀리에 그랑란트로 향했고, 그 뒤로 소식이 두절되었다는 것뿐이었다.

그럼에도 소문이 파다하고 선동이 날아다니는 것은 마구니 동맹 소속 공작원들의 소행 탓이었다.

사실은 마구니들조차 괴량과 괴월 형제가 살해당했으리라 확신은 못 하고 있었는데, 그냥 살해당했다고 소문을 퍼뜨리는 쪽이 그들에게 더 유리하기 때문에 그렇게 선동하고 있었다.

결국 여론에 떠밀린 나머지 천계 수뇌부에서도 이 일에 대해 다루지 않을 수 없게 되었다. 그들은 곧장 행방불명된 두 대신선의 수색에 나서고 해당 사안에 대해 엄중한 조사 후에 행보를 결정하겠다는, 조금 보수적이긴 하지만 사실 꽤 이성적이고 온당한 판단을 내렸다.

그러나 그러한 발표는 불에 기름을 끼얹는 결과로 이어졌다.

천계의 대중은, 정확히는 마구니들에게 선동당한 대중은 팩트 체크를 원하지 않았다. 논리적이고 체계적인 결론은 마구니에겐 불리했고, 따라서 그들은 결론이 나기 전에 감정적으로 선동하길 선택했다.

—대신선이 죽어도 움직이지 않는 윗대가리가 일개 신선이

죽는다고 움직이겠느냐.

전후 사실관계는 다 덮어두고 감정만 앞세운 노골적인 선동이었으나 쓸데없이 잘 먹혔다. 특히나 희생자인 괴량 형제와 같은 요선들이 크게 반응했다. 괴량과 괴월 형제는 요선들 사이에서 별로 인기 있는 편인 건 아니었음에도 그들은 격렬하게 시위를 이어나갔다.

사실 요선들은 괴량과 괴월이 사람을 잡아먹으러 간 것이리라고 생각하고 있었다. 그들은 평소부터 자신들의 취향을 꽤나 노골적으로 드러내고 있었으므로, 다른 이들에게는 비밀로 하고 자기들끼리 다른 세계로 향했다는 것에서 이미 어느 정도 그 의도가 드러나 있었다.

다른 요선들 또한 괴량이나 괴월처럼 노골적으로 나서진 않았으나, 내심 사람을 잡아먹고 싶어 했다. 그러나 인류종은 일반에는 멸종했다고 알려졌을 정도로 희귀해진 상황. 그들이 품은 금단의 욕구 또한 풀려나지 못한 채 오래 묵어 부풀 대로 부풀어올라 있었다.

요선들은 딱히 근거도 없이 괴량 형제가 향한 그랑란트에는 인류종이 있을 거라고 확신했다. 그래서 그들은 그 변방 세계를 정복하고 사람을 사냥해 그 생간을 맛보고 싶어 했다.

물론 이 의도로 천계의 군대를 움직일 수는 없다. 사람을 잡아먹지 않은 채 신선이 된 이들도 많았고, 사람이었다가 신선이 된 이들도 있었으니. 상대적으로 보자면 요선들은 천계의 소수파였다.

그런 까닭에 요선들은 본심을 숨기고 여론을 감정적으로 선동하려 했다. 의도적으로 이 의제에서 침착함과 이성을 배제시키려 시도했다.

─천계 수뇌부는 요선들을 차별하려 하는 것인가!

─요선의 목숨도 소중하다!

요선들이 정계에서 소수파이긴 해도 상대적으로 그럴 뿐, 그 숫자는 적지 않았다. 아무리 천계가 수직적인 조직이라 해도 요선들이라는 결코 그 영향력이 작지 않은 계파의 여론을 완전히 무시한 채 움직일 수는 없었다.

더욱이 자국민의 죽음을 방관한다는 이미지가 덧씌워지기라도 하면 정치적으로 큰 타격을 받을 수밖에 없으니, 요선이 아닌 파벌의 지도자들도 방관자적인 태도를 취하지 못했다.

그렇다 보니 천계 최고회의에서도 그랑란트에의 파병을 의제로 올리지 않을 수 없게 몰려 버리고 말았다.

"옥황상제께서도 천계의 여론이 반으로 나뉜 것에 대해 크게 우려하고 계시외다."

최고회의를 주재하는 대라신선 계유가 무겁게 입을 열었

다. 그는 인류 출신 도사로서 수행을 쌓아 신선이 되어 천계에 오른 자였다.

그런 계유의 모습이 마음에 들지 않는 듯, 대라신선 구호가 눈을 얇게 떴다. 그녀는 요선 출신으로 이 자리에는 요선들의 여론을 대리하여 왔다.

"그럼 갈려진 여론을 하나로 봉합하면 되겠군. 아주 쉬운 방법이 있는데……."

구호는 거기까지 말하고, 입술 끝을 슬쩍 올렸다.

계유는 이 자리에 오기까지 많은 위기를 거쳤다. 그 위기의 태반이 자신을 보고 군침을 흘렸던 요선들에 의한 것이었기에 그들에 대해 잘 안다. 요선들은 기실 괴월 형제를 추모하고자 하는 생각은 거의 없고, 진짜 목적은 인간의 피와 살을 맛보고자 하는 것임을.

그럼에도 불구하고 계유는 그것을 군이 지적하지 않았다. 그저 시선을 돌려, 이 자리의 남은 한 자리를 차지한 대라신선을 바라볼 뿐이었다.

"나는 어느 쪽이건 상관없어."

천계 최고회의라는 자리의 무게는 아랑곳 않고 탁자 위에 양다리를 겹쳐 올린 그녀의 이름은 천원. 인류 출신인 계유나 짐승 출신인 구호와 달리 처음부터 천계 소속의 천신이었던 그녀는 정말 아무래도 좋다는 듯 내뱉었다.

"아랫것들의 마음을 달래자고 이런 자리에까지 불려 나온 것도 마음에 안 드는데, 나더러 생각하고 판단까지 하라고?"

그 되물음을 듣고 잠시 입을 다문 채 있던 계유가 넌지시 입을 열어 이렇게 말했다.

"…상제께 그렇게 말씀하셨다 보고하면 됩니까?"

"아니."

천원은 곧장 다리를 탁자 아래로 내렸다.

"천계의 동량들이 가족과도 같은 이를 잃은 슬픔에 잠겨 복수를 청하니, 그 청원을 도저히 외면할 수 없어 이 천원은 분연히 일어나 그들의 의로운 거사에 화답하고자 한다. …고 전해드려."

계유는 놀라 눈을 크게 떴다. 옥황상제의 이름을 꺼내자 갑자기 천원의 지능이 올라간 것처럼 보였던 것은 별로 놀랍지 않았다. 항상 있어왔던 일이니까.

그보다는 천원이 너무 간단하게, 그리고 단호하게 요선들의 손을 들어준 거에 놀란 거였다.

'아니, 괜히 놀랐군.'

계유는 곧 한숨을 내쉬었다. 일이 어떻게 된 건지 대충 짚었기 때문이다. 이 사태를 예상하기라도 한 듯 히죽거리고 있는 구호의 얼굴을 보면 모를 수가 없다.

'뇌물이라도 집어먹였겠지.'

천원은 천신답지 않게 속물적이고 욕망에 솔직했다. 애초에 현 옥황상제의 조카인 천원을 제치고 인류 출신인 계유가 최고회의를 주재하게 된 것은 천원의 그러한 성향 탓이라고 해도 될 정도였으니.

오히려 천원이 이미 여러 번 부정을 저지르고도 여전히 최고회의의 한 자리를 꿰고 앉은 게 비정상적인 일이라고 탄핵해도 될 정도였으나, 계유도 거기까지 대쪽 같지는 않았다. 안 그래도 인류 출신으로 배경이 약한 그다. 옥황상제와 척을 지어봤자 득될 것이 없다.

한편, 구호는 보란 듯이 계유에게 승리의 미소를 지어 보인 것과 달리 내심 놀라고 있었다.

'저년이 왜 내 편을 들어준 거지? 이번엔 아무것도 대접 안 했는데.'

천계의 최고회의에서 구호는 이미 여러 번 자기 뜻대로 회의의 결과를 조작한 적이 있었다. 그건 아주 쉬운 일이었다. 천원만 구워삶으면 되는 일이었으니.

문제는 그다음 일이었다. 결과를 내는 것 자체는 쉬운 일이었으나, 나중에 감사가 들어와 천원에게 뇌물을 먹였음을 들키는 게 연례행사였으니 말이다.

그래서 구호는 최고회의가 열릴 때마다 다른 부하를 써서 천원에게 뇌물을 먹여야 했다. 천원과 달리 구호는 탄핵당하면 이 최고회의에서 바로 쫓겨날 테니 말이다.

매번 그럴 수는 없었다. 뇌물을 마련하는 것도 큰일이지만, 뇌물을 건네기 위해 희생할 부하를 구하는 게 더 큰일이었으므로. 실제로 이번에도 뇌물과 부하를 마련하지 못했다.

이미 뇌물에 맛 들린 천원은 뇌물이 자기 품 안에 들어올 때까지 최고회의를 질질 끌 터였고, 구호 또한 그걸 각오하고 있었다.

오히려 천원의 그러한 성향을 반대로 이용해, 여론이 끓어오르길 기다려 옥황상제가 직접 움직이게 만들 생각까지 했다.

그런데 천원이 이렇게 쉽게 동의를 해주다니? 구호로서도 의외의 일이었다.

'다른 누가 천원에게 미리 뭘 먹여놓은 건가? 하지만 누가? 왜?'

천원이 별생각 없이, 혹은 정말로 의분에 가득 차 파병에 찬성해 줬을 가능성에 대해서는 아예 떠올리지조차 않았다.

구호는 자기도 모르게 천원을 바라보고 말았다. 그랬다간 천원과 눈이 마주칠 가능성이 높다는 것까지 깜박하고 말이다.

그런데 천원은 구호를 바라보고 있지 않았다. 그저 회의실 천장을 올려다보며 정말로 행복한 듯이 생글생글 웃고 있었다.

그런 천원의 표정에 구호는 문득 소름이 돋는 걸 느꼈다. 뭔가 자신이 큰 잘못을 한 것 같은 직감이 벼락같이 내리꽂혔다.

그때였다.

"알겠소이다. 최고회의의 만장일치로, 천계는 그랑란트에의 파병을 결의하는 바이외다!"

계유가 선언했다. 최고회의의 결정이 내려졌다.

계유 본인은 사실 파병을 별로 달갑게 여기지 않고 있음에도 불구하고 만장일치라 하며 구호와 천원의 면을 세워주는 거였다.

'이런……'

구호는 혀를 찼다. 이미 결정은 내려졌고, 되돌릴 수 없게 되었다.

'하긴, 어차피 나도 내 의견만 갖고 여기 앉아 있는 건 아니니.'

구호도 자신의 지지자들을 생각하면 그리 쉽게 손바닥을 뒤집을 수 있는 입장이 아니었다. 어차피 회의는 이 결과로 끝났을 것이다. 그녀는 자신의 불안을 그렇게 녹여 없애려 들었다.

또 천원의 표정을 보았다가 불안을 되새김질하고 싶지 않았기 때문에, 구호는 천원 쪽을 다시 보려 들지 않았다.

그래서 구호는 보지 못했다.

천원이 입을 귀밑까지 찢어 웃고 있는 그 모습을.

Chapter 4

　마구니 동맹과 요선들의 의도가 일치한 덕에 마구니들은 자신들의 존재를 숨긴 채 천계를 선동해 전쟁을 일으키는 것에 성공했다.

　마구니 동맹의 입장에서 보자면 그야말로 전화위복이라 할 대역전극, 대성공이었다.

　그런데 문제가 있었다.

　이진혁의 요청에 의해 천계의 정보를 얻기 위해 교단의 정보원들이 천계에 잠입해 있었고, 꽤나 소란스럽게 결정된 그랑란트에의 파병에 대한 정보도 그들이 취득했다는 것이 그것이었다.

그 정보는 당연히 잭 제이콥스의 선까지 올라갔고, 그는 곧
장 이진혁에게 연락을 취했다.

*   *   *

교단으로부터 연락이 들어온 것은 내가 지배급 스킬을 완
성해 내고 얼마 지나지 않은 시기의 일이었다.

―…그렇다고 합니다.

"그래? 그건… 좋군."

잭 제이콥스가 직접 전해온 소식의 내용은 천계에서 그랑
란트에의 침략을 결의했다는 거였다.

교단의 정보력은 실로 대단했다. 천계가 그랑란트에 파병할
병력 규모와 구성, 심지어 지휘관의 성향까지 다 알아 왔으니
말이다.

이번 파병 병력의 구성은 요선 위주였고, 대신선급이 지휘
를 맡으며, 주로 신선급으로 이뤄진 병력이 2개 군단 규모로
파병된다고 한다.

잭 제이콥스에게서 상세한 정보를 들은 나는 천계의 침략
이 내게 있어선 호재밖에 안 된다는 걸 다시금 확인할 수 있
었다.

나는 이미 대신선 둘을 0.1초 만에 처리한 전적이 있다. 그 기준에 의거해 생각하자면 천계의 병력 구성은 내겐 전혀 위협적이지 않은 규모다.

"경험치를 안 줄 정도로 약한 것도 아니니, 딱 먹어치우기 좋은 전력이라고 할 수 있겠어."

게다가 요선들을 다 해치우고 집어삼킨 뒤, 그저 선량하지만은 않은 천계의 잔류 세력에게 적절한 전쟁배상금까지 물릴 수 있겠다 싶다.

벌써 배가 부르다! 떡 줄 사람은 생각도 않는데, 떡 줄 사람네 집 아랫목을 차지하고 앉아서 큰소리 떵떵 치며 살얼음 살짝 낀 동치미 국물을 마시는 기분이다.

"좋네, 좋아!"

혼자 북 치고 장구 치고 활개 치고 난리 치고 있는 내 반응을 지켜보던 잭 제이콥스는 고개를 끄덕이곤 이렇게 말했다.

―그럼 저희가 개입하지 않아도 되겠군요. 사실 천계에 압력을 넣어 파병을 취소시키는 옵션도 고려하고 있었습니다만……

"그건 곤란해."

난 서둘러 그를 말렸다.

내 동치미 국물, 아니지. 굳이 내게 잡아먹히러 오는 경험치를 막아서야 쓰나.

더욱이 교단이 그런 식으로 천계에 개입하는 것도 별로 좋지 않았다. 교단의 정보원, 나쁘게 말하면 간첩이 천계에서 정보를 다 뽑아내고 있다고 고백하는 거나 마찬가지다. 물론 내정간섭이기도 하고.

지금은 교단이 세계의 패권을 차지한 세력이라 아무 문제없지만, 이 일로 교단이 천계나 다른 세력으로부터 비난을 당할 가능성이 있었다.

교단 걱정을 하는 게 아니다. 교단에게 그만큼 빚을 지기 싫은 게 내 솔직한 심정이었다.

"사실 난 마구니들 소굴에 먼저 쳐들어갈 생각이었는데, 이런 일이 생기다니. 어쩔 수 없군. 당분간은 자중하면서 방어를 굳혀야겠어."

나는 안타까운 듯 말했지만 사실 별로 안타까운 일이 아니다. 좌표가 밝혀진 마구니들은 언제든 먹을 수 있는 도시락인 셈이다. 일단 내 입으로 굴러 들어오는 요선들이나 잡아먹고 마구니 소굴엔 나중에 쳐들어가서 집어 먹으면 될 일이다. 안타까울 일이 어디 있겠는가?

─아, 마구니들 말입니다만.

"왜? 설마 소굴을 비우고 도망갔어?"

그것만은 아니길 바라며 묻자, 잭 제이콥스는 다행히도 고개를 저었다.

―그런 건 아닙니다만.

잭 제이콥스의 표정이 조금쯤 진지해졌다.

―천계의 여론을 선동하는 과정에서 마구니의 흔적이 발견됐습니다.

"뭐? 마구니가 왜?"

―거기까지는 잘 모르겠습니다만, 아무래도 마구니들도 폐하를 노리고 있는 것 같습니다.

마구니가 날 적대할 만한 이유가 있었나? 생각하다 보니 하나 떠오른 건 있다. 그러고 보니 꽤 예전 일이긴 하지만, 내가 술 먹고 취한 채 [욕망의 독]을 사용하고 거기서 튀어나온 마구니들을 격살한 적이 있다.

그게 이유인가? 아니, 이유가 그거라면 마구니들은 더 먼저 움직였어야 한다. 아마 다른 이유일 것이다. 나는 그 다른 이유를 혼잣말처럼 흘렸다.

"역시 브뤼스만인가."

―브뤼스만이요?

"아, 맞다. 이거 보여줬었나?"

나는 브뤼스만에게서 추출해 낸 칭호 티켓을 꺼내 보여주었다. 3,714번째 마라 파피야스 분신이라는 칭호였다. 브뤼스만이 마구니와 연결 고리를 갖고 있었다는 몇 안 되는 증거물 중 하나다.

―아, 전에 자료 제출하실 때 보여주셨죠. 깜박했었습니다.

잭 제이콥스가 뒤늦게 떠올렸다는 듯 고개를 끄덕였다.

―그렇다면… 마구니 놈들이 브뤼스만의 복수에 나섰다는 거면 앞뒤가 맞긴 하군요.

"그럴 수도 있겠지."

마구니들이 이 일에 개입한 거라면, 아무래도 마음 놓고 천계의 침략 병력이 오길 기다리고만 있을 때는 아닌 것 같았다. 마구니들이 독자적으로 움직여 양동을 걸 수도 있겠다 싶다.

잭 제이콥스에 의하면 마구니들의 특기가 다른 세력에의 잠입과 여론 선동이라고 하니, 다른 세력을 선동해 양면 전쟁을 일으키려고 할 수도 있었다.

전자는 그러려니 하더라도 후자는 꽤 위협적일 수 있었다.

"아무튼 알려줘서 고마워. 앞으로 주의하지. 마구니들에 대해서도 말이야."

―별말씀을. 폐하께 도움이 되어 기쁠 뿐입니다.

나는 잭 제이콥스와의 통신을 마쳤다.

"흠, 양면 전쟁이라."

물론 나는 몸이 여러 개라 전선이 확대되더라도 어느 정도까지는 동시에 대응할 수 있긴 하다. 하지만 그렇다고 굳이 나혼자 다 막으려 들 필요도 없다.

"너희들도 일 좀 해야지?"

내 머리에 떠오른 얼굴은 당연하게도 내 천사들이었다.

*　　　　*　　　　*

한편, 만신전에 배치된 마구니 동맹의 끄나풀들은 만신전의 여론을 조작하려 애쓰고 있었다. 천계가 그랑란트에의 침략을 결의했으니, 이제는 모든 첩보 자원을 만신전으로 집중했다.

목적은 그랑란트에 두 세력을 동시에 진입시켜 양면 전쟁에 몰아넣기 위해서였다.

평소라면 다른 마라 파피야스의 분신들끼리 경쟁이 붙어 협력 따위는 생각도 안 했겠지만, 계획을 제대로 실행하기도 전에 괴월 형제가 그랑란트를 침입했다는 사고가 그들로 하여금 전력을 다 하도록 만들었다.

그런 마구니들의 노력은 어느 정도 결실을 맺었다. 에르메스의 저택에 잠입시켜 둔 첩자를 통해 신의 목록에 이진혁이 나타났다는 정보를 입수한 후, 이 정보를 만신전의 왕에게 넘긴 것이 그것이었다.

그러나 이진혁이 적절한 타이밍에 [폭군의 정당한 권리행사] 스킬을 완성하며 자신의 존재를 신들의 목록에서도 감춤으로써 왕으로 하여금 그랑란트로의 침략을 선동해 내는 것에 실패하고 말았다.

이 건은 단순히 실패했으니 다음을 노리자고 넘어갈 성격의 것이 아니었다. 에르메스의 저택에 잠입시켜 둔 첩자의 존재를 드러내는 것을 감수하고 지른 계획이었는데 막혀 버렸으니 말이다. 에르메스는 첩자의 존재를 알아챘을 거고, 첩자는 희생당할 것이다.

첩자는 자신이 마구니의 첩자임조차 모를 테니 리스크 관리의 측면에서는 그럭저럭 감수할 만했으나, 에르메스의 목록을 훔쳐볼 수단을 잃은 것은 마구니 동맹에 있어서도 뼈아픈 손실이었다.

더군다나 양면 전쟁도 타이밍이 맞아야 의미가 있지, 이대로라면 천계의 원정군만 먼저 그랑란트로 향했다가 이진혁에게 각개격파당할 가능성마저 있었다.

물론 이 가능성을 생각해 천계의 원정군 규모를 다소 크게 잡긴 했으나, 마구니 동맹으로서도 이진혁이 승리할 가능성을 1%라도 남겨두고 싶지 않았다.

더욱이 마구니 동맹은 브뤼스만의 것이었던 '어떤 고유 특성'이 이미 이진혁에게 넘어와 있음을 잘 알고 있었다.

이진혁의 전투력으로 미루어 볼 때, 그는 오래 전에 성장 한계에 도달해 있기는 할 테니 전투를 통한 레벨 업으로 추가로 성장할 가능성은 낮았다. 아니, 없었다.

하지만 '그 고유 특성'은 적의 힘을 빼앗아 아군에게 나누어 줄 수 있다. 이진혁 본인은 강해지지 않을지 몰라도 더 강력한 군대를 양성해 세력을 불릴 테니 일이 틀어질 단 1%의 가능성조차도 남겨서는 안 됐다.

물론 이는 마구니 동맹이 잘못 안 것이다. 이진혁은 [한계돌파]를 통해 성장 한계를 넘어 강해질 수 있으니.

다소간의 정보 불균형이 존재한다 한들, 마구니 동맹이 해야 할 일이 달라지지는 않는다. 조금이라도 빨리 만신전의 여론을 움직여 그랑란트를 양면 전쟁의 수렁에 밀어 넣는 것. 그것이 마구니 동맹의 당면 과제였다.

그래서 마구니 동맹은 다소 무리한 방법을 동원하기로 했다.

"뭐? 천계 놈들이 그랑란트를 공격하기로 결의했다고?"

출처 불명의 정보를 흘리기로 한 것이 바로 그것이었다. 그 정보를 어디에서 얻었냐고 물으면 그 대답이 곤궁한 정보다. 다름이 아니라 마구니 동맹의 네트워크를 통해 손에 넣은 정보니까.

"그렇습니다, 폐하."

그것도 왕에게 직접 그 정보를 흘린다는 대담한 수법까지 동원했다.

원래대로라면 이런 식의 공작은 최대한 자제하는 것이 옳았다. 에르메스에게 보내놓은 첩자를 드러낸 것도 얼마 되지 않았는데, 부자연스러운 정보의 유출은 공작 대상으로 하여금 위화감을 조성할 수 있다.

그럼에도 불구하고 마구니 동맹의 수뇌부는 변수의 여지없이 이진혁을 소멸시키고 말겠다는 일념으로 다소간의 위험을 감수하고 공작의 속행을 지시했다.

"그랑란트가 어딘데?"

"일전에 말씀드린 이진혁이라는 새로운 신이 태어난, 변경의 작은 차원입니다."

"이진혁이라……."

왕은 불쾌한 듯 미간을 찌푸렸다.

"에르메스의 [두루마리]에는 그 이름이 적혀 있지 않던데?"

그 일로 인해 왕은 어느 정도의 권위를 상실했다. 왕으로서는 뼈아픈 손실이었고, 사적으로도 수치스러운 사건이었다.

"아시다시피 [두루마리]의 목록은 무오류가 아닙니다. 목록에 기재되는 것을 회피하는 방법 또한 존재합니다. 그 방법을 이진혁이라는 자가 사용했다면 타이밍 좋게 목록에서 지워지는 것도 불가능하지만은 않습니다."

그것은 사실 진실이었으나 왕과 만신전, 그리고 마구니 동맹의 입장에서 보자면 근거가 부족한 가설에 지나지 않았다.

"…그렇군. 그럴 수도 있겠어."

그러나 왕은 그 가설의 근거가 부족함을 문제 삼지 않았다.
왜냐하면 그럼으로써 얻을 수 있는 게 없기 때문이다.

에르메스의 일로 정치적 타격을 받은 왕은 신하들에게 반
격할 만한 소재를 필요로 했다. 그리고 그 소재로 가장 좋은
것은 고래로부터 그러했듯 외부 세력과의 전쟁이다.

"그랑란트로 군대를 파견해서 이진혁이라는 새로운 신이 실
존하는지 알아봐야겠어. 그리고 그 신이 존재한다면……."

이진혁은 만신전의 질서 아래 소속시키고, 법과 규칙을 통
해 이진혁을 섬기는 신도들을 만신전 전체를 위한 백성으로
만든다. 취지는 좋으나 사실상의 정복이었다. 이제껏 만신전
이 해왔던 일이기도 했다.

"예, 폐하. 말씀하신 대로 이뤄질 것이옵니다."

왕의 말을 들은 마구니 동맹의 끄나풀은 깊숙이 고개를 숙
여 절하며, 왕에게 보이지 않게 웃었다.

왕은 불리한 정치 게임의 판도를 뒤엎을 소재를 필요로 했
으며, 그 욕망이 왕으로 하여금 당연한 절차를 무시하도록 했
다. 정보의 출처도 확인하지 않았고, 진위도 확인하지 않았다.

마구니 동맹으로서는 위험을 감수하고 일을 저지른 보람이
있었다고 할 만했다.

며칠 후, 왕은 자신의 의향을 신하들에게 일방적으로 통보

했다.

신하들은 당연히 반발했으나, 왕의 권위로써 밀어붙이니 결국 그랑란트로 군대를 파견해 일의 진위를 판독토록 했다.

사실 왕의 말이 진실로 드러나고 그랑란트에 하급 신, 이진혁이 실제로 존재하더라도 신하들로서는 그리 큰 타격을 받지는 않는다. 손해 보는 것은 에르메스, 오직 그 하나뿐이었으니. 그의 목록이 지녔던 권위만이 추락하리라.

반대로 왕의 말이 거짓으로 드러난다면 왕의 권위는 다시 한번 추락할 것이고, 그 열매는 신하들이 나눠 가질 것이니 해볼 만한 도박이었다.

물론 직접 전장에 파견되어 나가는 만신전의 병사들 입장은 다르겠으나, 정치가들은 거기까지 손익을 생각하지 않았다. 그들의 생명은 숫자로 셈되어 정치판의 판돈으로 올라가 이리저리 구를 뿐이다.

이 또한 고래로부터 다를 바가 없는 일이었다.

* * *

한편, 상급 신 에르메스는 상처 입은 마음을 끌어안고 왕의 대전을 빠져나와 자택으로 돌아왔다. 돌아오자마자 올빼미 페트록을 찾았지만 페트록은 에르메스의 부름에 대답하지도 않았거니와 모습을 드러내지도 않았다.

한 달을 기다려도 페트록이 돌아오지 않은 것을 보고 에르메스는 좌절감에 휩싸였다. 페트록이 자신을 배신한 것이 확실해졌다고 생각했기 때문이다.

이 세상에서 유일하게 믿을 수 있는 존재라고 생각했던 상대에게 배신당한 마음의 상처는 설령 신이라 해도 극복하기 어려운 것이었다.

그때, 만신전의 왕이 에르메스의 [목록]을 믿을 수 없다며 그랑란트로의 파병을 결의했다.

안 그래도 코너에 몰려 있던 에르메스의 정신은 그 일을 계기로 부서지기 시작했다.

결국 에르메스는 왕의 대전에 나아가, 왕에게 이렇게 말했다.

"저를 믿지 못하신다면, 제가 제 능력을 스스로 증명할 수 있게 해주십시오."

자포자기의 자원입대였다.

"좋다."

왕은 그런 에르메스의 결정을 흡족하게 받아들였는데, 그것을 패배 선언이자 왕의 권위에 복종한다는 것을 표현했다고 여겼기 때문이다.

"그러나 그대를 원정군의 지휘관으로 둘 수는 없다. 그대가 그대의 오점을 가리고자 할 수 있으니."

그것은 독립된 신격이자 중신인 에르메스에게 있어 가혹한 동시에 치욕스럽기까지 한 결정이었으나, 에르메스는 반발하지 않았다.

"말씀하신 대로 따르겠나이다."

오히려 에르메스는 왕의 결정에 군말 없이 따르기로 했다. 다른 중신들이 웅성거렸으나, 에르메스는 그쪽을 돌아보지도 않았다.

에르메스가 이렇게까지 나오자, 왕도 시선에 이채를 띠게 되었다.

"좋다. 이 원정에서 그대는 누군가를 지휘하지는 않겠지만, 누군가에게 명령받지도 않으리라. 그대는 명목상 독립 군단의 군단장으로서 행동하게 되리라. 병력 지원은 없으나, 시종을 동행시키는 것을 허락하지."

그것은 에르메스를 위한 결정이 아니었다. 에르메스를 지나치게 몰아붙이는 것 자체가 왕에게 있어 정치적인 무리수가 될 수 있기 때문에 한 발 뺀 것에 불과했다.

그 사실을 이해하고 있음에도 에르메스의 태도에 변화는 없었다.

"성은이 망극하여이다, 폐하."

두말 않고 왕의 제안을 받아들인 에르메스는 모두의 시선을 등으로 받으며 왕의 대전을 나섰다.

＊　　　＊　　　＊

드디어 나는 세계혁명가 30레벨에 도달했다.

30레벨이라면 그 직업의 마지막 스킬을 받을 수 있는 나름 의미가 있는 레벨이다.

물론 [한계돌파]를 지닌 나는 40레벨을 거쳐 50레벨까지도 올릴 수 있으니 성장을 완전히 마쳤다고는 볼 수 없지만, 어쨌든 이걸로 세계혁명가 직업의 스킬은 모두 회수했다는 점에 있어서 의미를 둘 수 있겠다.

그래서 세계혁명가의 마지막 스킬은 대체 뭐냐. 나는 시스템 메시지로 그 실체를 확인했다.

[혁명의 열매]

―등급: 세계 정상(World Top)

―숙련도: 연습 랭크

―효과: 개화한 [시대정신의 나무]에서 [혁명의 열매]를 얻을 수 있다. [혁명의 열매]는 섭취함으로써 혁명력을 얻을 수 있으며, 혁명의 때를 놓쳐 닫히고 만 세계를 다시 시작할 수 있게 해주는 힘을 품고 있다.

"이번엔 열매인가."

혁명력을 좀 더 잘 다룰 수 있게 해주는 즉시 전력감 스킬을 원한 내 입장에선 좀 기운 빠지는 결과물이었다.

물론 혁명력의 수급에 도움이 된다는 점에 있어선 환영할 만한 스킬이긴 하다. 다른 시대정신의 나무 계열 스킬들과 달리 쓰는 데 딱히 혁명력이 들지도 않고.

다행히 나는 이미 개화한 [시대정신의 나무]가 어디에 있는지 알고 있다. 그 장소는 당연히 블루 마블이다. 언제 시간을 내서 블루 마블에 가서 이 스킬을 써봐야 할 것 같다.

그런데 문제는 이 스킬이 아니었다.

세계혁명가의 레벨이 30에 이르면서, 또다시 레벨 업에 필요한 경험치량이 미친 듯이 불어나 버리고 말았다.

이제는 요리를 먹어 레벨 업을 하는 것도 요원하다고 봐야 했다. 이제는 7성 요리를 먹어도 소수점의 단위를 세는 게 귀찮아질 정도로 아주 미량의 비율만을 채울 수 있을 따름이었다.

더욱이 신위에 오른 불멸자가 되어 식사마저도 취미가 되어 버렸으니, 일부러 굶어 허기를 조미료로 쓰는 방법도 쓸 수 없게 되었다.

이제는 정말로 [레벨 업 쿠폰]을 쓸 때가 되었다. 정확히는 [기적적으로 축복받은 레벨 업 쿠폰] 말이다. 묻지도 따지지도 않고 경험치 게이지의 12%를 채워주는 그 쿠폰.

여기서부터 50레벨까지 올리기에 수량이 부족하지도 않다. 안 그래도 남는데, 얼마 전에 쳐들어온 괴량, 괴월 형제 덕에 숫자가 더 불어났다.

"으음······."

그럼에도 불구하고 내가 쿠폰의 사용을 망설이는 이유는 따로 있었다. 레벨 업으로 인해 얻을 장점······. 그러니까 생명력과 마력 등의 자동 회복을 이용하려는 것은 부차적인 이유에 지나지 않는다.

교단에서 준 정보를 믿는다면, 앞으로 쳐들어올 천계의 군단을 상대하는 건 그렇게까지 어려운 일은 아닐 테니까.

더 큰 문제는 이거다.

"여기서 레벨을 더 올려 버리면, 대신선을 상대로도 경험치가 안 올라가지 않을까?"

알고 있다. 별로 정상적인 고민은 아니다. 그냥 쿠폰을 써서 50레벨 찍고 다음 전직 퀘스트를 받아 수행하는 게 훨씬 더 경제적이다.

그런데 그러기엔 마음에 걸리는 것이 있다.

그것은 과거의 경험이었다.

만마전을 혁명해 버리는 바람에 악마들이 모조리 인류가

되어버리고, 그 탓에 나는 안정적인 경험치 벌이 수단을 잃어버렸던 그 경험 말이다.

물론 당시의 결정이 잘못되었다는 것은 아니다. 설령 과거로 돌아간다고 하더라도 같은 선택을 할 거다.

태어나면서부터 사악할 수밖에 없는 존재들을 그 운명으로부터 해방해 주는 것이었으니. 나는 옳은 일을 했다. 내 이득, 내 성장을 위해 악마들을 악마인 채 남겨두고 계획적으로 도살하겠다는 게 훨씬 그른 일이다.

하지만 그날, 나는 내게도 선호하는 레벨 업의 방식이 있다는 걸 깨달았다.

맛있는 요리를 먹고 경험치를 얻어 레벨 업 하는 것도 좋다. 쿠폰을 찢어 그 자리에서 쉽게 레벨 업 하는 것도 좋다. 그러나 내가 가장 선호하는 레벨 업의 방식은 역시 강적을 상대해 쓰러뜨리고 경험치를 얻어 레벨 업 하는 거였다.

조금 오만하게 들릴지 모르겠지만, 브뤼스만을 쓰러뜨린 후에 나는 한 가지 우려를 품게 되었다. 어쩌면 이 우주에는 더이상 날 상대해 줄 강적이 없는 게 아닐까? 하는 불안이 바로 그것이었다.

떠올리고 보니 조금 오만한 정도가 아닌 생각이지만, 근거도 있었다. 바로 교단이 이 우주의 패권을 쥔 세력이고, 그 세력을 배후에서 마음대로 조종하던 자가 바로 브뤼스만이었다.

그 브뤼스만을 쓰러뜨렸으니, 조금쯤은 오만해질 만도 하지 않은가?

아닌가?

아니었으면 좋겠다.

아니었으면 좋겠는데, 내 불안과 우려를 불식시킬 만한 다른 근거가 없는 것도 사실이었다.

그나마 얼마 전에 쳐들어왔던 두 대신선은 내 불안감을 어느 정도는 씻어주었다. 두 대신선을 처치하면서 경험치를 얻긴 얻었으니까. 그렇지만 우려를 완전히 불식시켜 주지는 못했다. 그 이유는 그때 얻었던 애매한 경험치량이었다.

내가 여기서 조금만 더 강해지면 대신선급마저도 내게 경험치를 주지 못하게 되리라는 불길한 예감이 퍼뜩 들 정도였으니.

"에이."

나는 결국 오늘도 [레벨 업 쿠폰]을 도로 인벤토리에 넣어버리고 말았다.

"내가 감당하기 힘든 강적이 나타나면 그때 찢자."

작은 소망을 담아, 나는 그렇게 혼잣말을 흘렸다.

*   *   *

이제는 요리를 먹어 레벨 업을 한다는 개념도 크게 희석되기는 했지만 그럼에도 불구하고 나는 회식을 멈추지 않았다. 내 천사들과 신도들도 레벨 업을 시켜줘야 하니까.

그렇다고 내가 얻는 게 없는 것도 아니다. [이진혁의 불]에 새로이 부가된 효과도 잊어선 안 된다. 그들의 위장을 가득 채움으로써 나는 그들의 신앙을 추가적으로 얻을 수 있으니.

신적 존재가 되면서 음식을 맛보는 건 취미의 영역이 되어버리고 말았지만, 대신 신도들의 신앙은 그렇게 달콤할 수가 없었다. 그런 의미에서 보자면 나는 충분한 쾌락을 얻은 셈이다.

새로이 특성 공유에 이름을 올리게 된 [사랑의 물방울]의 효과도 빼놓을 수 없다. 순간적이긴 하지만 충분히 증폭된 매력으로부터 얻을 수 있었던 뷰티 포인트의 양도 상당했다. [라면 먹고 갈래?]와 [참는 자에게 복이 있나니]의 콤보로 깨달음 포인트도 벌어들였고.

문제는 [참는 자에게 복이 있나니]로도 [사랑의 물방울]과 [라면 먹고 갈래?]로 인해 빚어지는 성적 충동을 완전히 억제하기 힘들다는 사실이었다.

당연히 내 이야기는 아니다. 아직 성장이 부족한 플레이어들이 문제였다. 그들이 성적 충동을 버티지 못해 오줌 마려운 것 같은 표정을 지을 때마다 회식을 한 번씩 끊어 가야 한다는 건 좀 귀찮은 일이었으나, 그만큼 얻는 게 있으니 그러려니 하도록 하자.

"인구수가 늘겠군요!"

케이가 태평한 표정으로 그렇게 외쳤다.

뭐, 틀린 말은 아니다. 나쁜 일도 아니고 말이다. 인구수가 늘어나고 그렇게 늘어난 인구 중에서 내 신도 수가 늘어나면 내게 바쳐지는 신앙 또한 늘어날 테니 나한테 있어서도 좋은 일이다. 장기적으로는 말이다. 지금 당장은 별로 도움이 안 되지… 않나?

─이진혁교 신도들의 행복도가 상승했습니다.

─황금기!

─일정 기간 동안 신도들의 기도로 인한 신앙의 상승량이 증가합니다.

저도 그렇게 생각한 적이 있었습니다.

아니, 사실 이제까지도 몇 번 봤던 시스템 메시지긴 하다. 볼 때마다 '아, 케이랑 테스카가 잘하고 있구나' 하고 생각하며 그냥 넘겨 버리긴 했지만 말이다. 그러니 이것도 우연의 일치겠지. 설마 이걸로 황금기가 터진 거겠어? 회식에 참여하는 인원도 100명이 안 되는데 말이다.

"역시!"

그런데 테스카 생각은 나랑은 좀 다른 것 같았다.

"왜? 뭐가 역시! 야?"

일부러 못 알아들은 척 하며 물어봤더니, 테스카가 이렇게 실토했다.

"주께서 자리를 비우실 때마다 도시를 돌아다니면서 불임 가정을 초대해서 회식을 열었거든요. 아시다시피 주께서 하사하여 주신 특성들 효과가 좀 좋아야 말입죠. 헤헤헤."

요약하자면 [라면 먹고 갈래?]와 [사랑의 물방울] 덕에 황금기가 터진 게 맞았다.

"그래, 잘했다."

황금기가 터져서 신앙이 많이 모이면 그만큼 신성이 쌓이는 속도도 빨라지니 나한테 좋은 것도 맞았고 케이와 테스카가 잘한 것도 맞았다. 이상하게 복잡한 심경이 된 거야, 뭐 내 내면의 문제지.

…어쨌든 지속적인 회식을 통한 천사들의 성장은 순조로웠다.

대신선으로 전직한 케이와 테스카도 기본 만렙인 20레벨을 넘어 30레벨에까지 도달했고, 이진혁의 천사라는 직업으로 전직한 루시피엘라와 비토리아나도 같은 레벨까지 올라섰다. 30레벨이면 직업 스킬은 모두 얻었으니, 일단 최소한도의 성장은 넷 모두 달성한 셈이다.

괜히 히든 전직 직업이 아닌지, 각 직업의 스킬들은 모두 꽤 강력한 모습을 보였다. 특히 30레벨 스킬들은 신화급보다 강력하지만 권능급에는 약간 못 미치는 수준으로, 대신선을 상대로 전투를 벌일 때 유효해 보였다.

적 대신선들은 레벨 한계에 걸려 30레벨에 도달하지 못한다는 것을 감안하면 우리 쪽이 우위를 점할 수 있을 것이다. 적들의 물량을 생각하면 압도까지는 하지 못하겠지만.

이제 스킬의 숙련도를 올리며 랭크를 올리는 작업을 할 단계다. 40레벨을 달성해 스킬 통합이 이뤄질 때 각 스킬의 랭크가 낮으면 직업 통합 스킬의 랭크도 낮게 산정될 테니까. 그래서 당분간 회식은 쉬고 넷 다 랭크작에 돌입시킬 생각이었다.

"A랭크의 수련치를 꽉 채우고 나서 말해. S랭크까지 찍어야 하니까."

[한계돌파]를 공유시켜서 S랭크 옵션까지 얻게 만들고 나면 우리 쪽 대신선인 케이와 테스카가 적 대신선들을 상대로 안정적으로 승기를 가져갈 수 있을 터.

루시피엘라와 비토리야나도 마찬가지다. 대신선이 된 케이와 테스카를 상대로 전투 훈련을 치르면 대신선을 상대하는데도 익숙해질 것이다.

아군의 성장은 순조로웠다. 계획대로만 되면 무난하게 적들을 쳐부수고 승리의 기쁨을 누릴 수 있으리라.

…다른 변수가 없다면 말이다.

*　　　　*　　　　*

나쁜 예감은 틀리는 법이 없다. 사실 이건 나쁜 예감이 들어맞았을 때만 기억에 강렬히 남는 탓에 이렇게 느끼게 되는 거지만, 공교롭게도 이번에는 현실이 되었다.

잭 제이콥스로부터 급보가 들어왔다. 만신전이 그랑란트에 기습 공격을 걸 거라는 소식이었다.

─시기상으로는 천계의 공세가 시작되고 얼마 지나지 않은 시기가 될 것 같습니다. 이대로 그냥 내버려 두면 양면 전쟁을 강요당하게 될 겁니다.

양면 전쟁! 얼마나 무서운 단어인가? 나폴레옹도 히틀러도 양면 전쟁에 지고 정권을 잃었다. 단순히 상황을 떠올려만 봐도, 앞뒤로 적이 습격해 오면 그냥 단순히 두 배 불리한 것으로 끝나지 않는다. 개인 간의 전투도 이런데 하물며 전쟁은 어떻겠는가?

상식적으로 생각해서 양면 전쟁은 피하는 게 맞았다.

그러나 나는 무작정 피하기만 할 생각은 없었다. 적은 위협이기도 했지만, 경험치이기도 했다. [쿠폰 발행인] 특성과 [폭군의 정당한 권리행사] 스킬을 생각하면 그 이상의 것이 될 수도 있고. 이 조합으로 적을 지배하고 착취하고 쿠폰까지 뜯어낼 수 있으니 말이다.

그러니 적 전력이 감당할 수 있는 수준이라면 맞아 싸우는 게 내게도 이득이었다. 문제는 그걸 모른다는 거지. 알 방법도 드물다. 지금 당장 떠오르는 방법도 하나뿐이다.

"적 전력이 어떻게 되지?"

잭 제이콥스에게 물어보는 거였다.

—안 그래도 저희 정보부가 만신전에 침투해 침략군의 규모를 파악해 둔 참입니다. 정리해 둔 서류를 지금 바로 보내 드리겠습니다.

혹시나 해서 물어봤더니 역시나 잭 제이콥스는 미리 정보를 다 따둔 모양이었다.

"오…… 와."

거래창을 통해 받은 서류를 훑어보며 나는 감탄사를 흘렸다. 적의 부대 구성은 물론이거니와 적들이 활용할 가능성이 높은 전략과 전술까지 정리해 뒀다.

아무리 생각해도 교단의 정보 수집 능력은 수준급이다. 이렇게까지 상세한 정보를 확보해 놓은 걸 보니 말이다. 세계의 패권을 딱지치기로 따먹은 건 아닌 듯했다.

하긴 교단과 만신전은 휴전 상태라곤 해도 결코 우호 세력이라곤 할 수 없다. 도리어 잠재적인 적성 세력으로 분류해 놓는 게 당연한 사이지. 맹렬한 첩보전을 펼쳐도 이상한 상대가 아니란 소리다.

"이렇게 자세한 정보라니, 내가 신세를 많이 지는군."

―별말씀을 다 하십니다.

잭 제이콥스가 제공해 준 정보가 굉장히 자세하긴 했지만 묘하게 감이 안 잡혔다. 그 이유에 대해 잘 생각해 보니 나는 신을 상대해 본 적이 없다는 걸 깨달았다.

케이와 테스카를 제압해 본 적이 있긴 하지만 그땐 둘 다 영락해서 신격이라 할 수 없었고, 괴랑, 괴월 형제는 신격에 맞먹는 강자이긴 했지만 어디까지나 천계의 대신선이다. 만신전의 신이라는 카테고리로 한정하면 상대해 본 경험이 없다고 하는 게 맞았다.

뭐, 만신전이면 교단한테 지고서 변경으로 밀려난 세력이니 상상을 초월하는 강적일 리는 없으리라고 생각은 한다.

아무리 그래도 적들이 어떤 존재인지도 정확히 모르는 상황에서 먹을 것 취급하는 게 좋은 태도일 리는 없다.

그래서 나는 잭 제이콥스에게 의견을 구했다.

"한 가지 묻겠는데, 만신전의 신들은 얼마나 강하지?"

내 질문에 잭 제이콥스는 미리 준비해 두기라도 한 듯 곧장 대답을 되돌려 주었다.

―감히 말씀드리지만, 단순한 전력 대비라면 만신전의 병력들이 저희보다 강력합니다.

"뭐라고?!"

나는 놀라 되물었다. 그럼 교단이 어떻게 만신전을 제압했느냐고 묻기도 전에 잭 제이콥스가 먼저 대답했다.

―저희 유일교단이 만신전을 상대로 우위를 차지할 수 있었던 건 크루세이더들이 신이나 악마를 상대하는 것에 특화되어 있기 때문입니다. 그게 아니었다면 고전을 면치 못했겠죠.

그러고 보니 내 쪽에서도 신을 상대하는 상성 스킬이 존재한다. 꽤 오래 건드린 적이 없는 신살자 직업 스킬이 바로 그거다.

"그렇다면 나도 신살자 레벨을 미리 올려둬야겠군."

내 혼잣말에 잭 제이콥스가 바로 반응했다.

―역시 상대하실 생각이시군요.

"뭐, 저쪽에서 쳐들어온다니 맞아 싸울 생각은 해야지."

―저희가 사전에 개입해서 만신전의 행동을 봉쇄하는 것도 일단은 가능하다고 말씀드리려 했습니다만. 적 세력이 약한 것도 아니고요.

"확실히 만만찮군."

나는 다시금 잭 제이콥스가 보내준 서류를 훑어보며 말했다. 말은 이렇게 했지만 사실 그냥 만신전만 쳐들어온다면 충분히 감당할 수 있는 전력이다.

그러나 이미 잭 제이콥스가 언급했듯, 우리는 양면 전쟁을 염두에 둬야 하는 상황이다. 그런 의미에서 보자면 결코 여유 있게 정리할 수 있는 병력은 아니었다.

지금 당장 맞아 싸우자면 그렇다는 소리지만. 신살자의 레벨을 올리는 것에 더불어, 나는 그랑란트 전체의 전력을 상승시킬 몇 가지 수단을 준비해 두고 있다. 준비가 다 끝난다면 어느 정도 여유가 생기겠지.

그래서 나는 이렇게 대답했다.

"하지만 언제까지고 교단의 외교력에 기대고만 있을 수는 없지."

―그렇게 말씀하지 마시고, 도움드릴 일이 있으면 언제든 말씀해 주십시오.

가끔 보면 잭 제이콥스가 너무 적극적이라 좀 무서워질 때가 있다.

"으음…… 아냐, 괜찮아. 이쪽에서 어떻게든 해볼게."

―알겠습니다. 하지만 말씀해 주시면 언제든 개입할 수 있도록 외교 채널과 함께 제 직할의 부대를 대기시켜 두겠습니다.

교단 총통 직할부대는 총통이 의회의 인가를 받지 않고도 움직일 수 있는 긴급 수단이다.

그러나 사전에 인가를 받을 필요가 없을 뿐, 사후에는 의회에 보고서를 올려야 한다. 그냥 보고만 하고 끝나는 게 아니라, 보고서의 내용을 바탕으로 청문회가 열린다. 총통의 반대 세력에게 물어뜯기 좋을 거리를 제공해 주는 셈이 된다는 의미다.

잭 제이콥스야 당연히 보내줄 수 있는 것처럼 말하지만, 직할부대를 보내면 그 자체로 그는 정치적으로 적지 않는 부담을 떠안게 된다.

그러니 나로서도 별생각 없이 당장 보내달라고 요청할 수가 없다.

"필요 없길 바라지만, 보험이 있으면 든든한 것도 사실이지. 배려해 줘서 고마워."

아무리 그래도 만약의 상황을 상정해 두자면 마냥 거절만 하기도 그랬다. 나야 이 한 몸 건사한다 해도 내 백성들이 위험하다면 수단과 방법을 가리지 않고 돌파구를 찾아야 할 테니까.

─별말씀을요. 영웅왕 폐하께선 교단의 은인이시기도 합니다. 교단이 폐하께 진 큰 빚을 갚아드릴 기회가 언제나 찾아올지 모르겠군요.

적당히 인사를 교환하고, 우리는 통신을 종료시켰다.

*   *   *

잭 제이콥스와의 통신을 마친 나는 즉시 인류연맹에의 연락용 디바이스, [레벨 업 마스터]를 켰다. 인류연맹에 도움을 구하기 위해서인 건 당연히 아니었다.

"주리 리!"

신살자로의 재전직을 위해서였다.

어차피 [레벨 업 쿠폰]은 남는다. 게다가 신살자는 어차피 3차 전직이라 쿠폰도 몇 장 들지 않는다. 기왕 이렇게 된 거, 신살자의 다음 전직까지 가볼 생각이다. 물론 혹시 모르니 신살자 50레벨도 찍어보고 말이다.

오랜만에 가슴이 두근거린다. 이게 다 만신전 덕분이다. 악마들을 상대한답시고 악마 사냥꾼 레벨을 올릴 때는 아득바득 올렸던 것 같은데, 그때와는 기분 자체가 달랐다.

아직 날 상대해 줄 적들이 남아 있다는 것에 감사하며, 나는 쿠폰을 찢었다.

그리고 나는 교훈을 얻었다.

"모든 직업에 다 히든 전직이 붙어 있는 건 아닌 것 같군……."

신살자는 50레벨까지 올려도 히든 전직 퀘스트가 나오지 않았다.

지금 와서 다시 생각해 보면 내 직감이 반격가에 그렇게 강렬히 반응했던 이유는 히든 전직 때문인 것 같았다. 직감이 높아서였기도 했겠지만, [한계돌파]라는 고유 특성을 가장 잘 살리는 직업 선택이었으니 말이다.

"쓥, 뭐 어쩔 수 없지."

여기까지 올리는 게 힘들었으면 화도 내고 소리도 질렀을 테지만, 고작 쿠폰 몇 장 찢고 50레벨을 찍은 거다 보니 별로 큰 스트레스도 아니었다. 스킬 포인트도 3차 직업의 고레벨에 어울리게 받았고, 위엄 능력치도 많이 올라서 손해라고 할 것도 없었고 말이다.

"나중에 회식 한 번 더 하고 뷰티 포인트로 정산받아야지."

나는 그렇게 마음먹으며, 뒤늦긴 했지만 신살자의 다음 전직 직업으로 넘어가기로 했다. 은근히 내 최초의 4차 전직이었다.

신살자의 다음 전직은 주무기의 3차 전직 20레벨을 찍는 것이 조건이었고, 나는 이미 포대 지휘자 레벨을 올려놨었기 때문에 쿠폰도 아낄 겸 바로 다음 전직인 파멸포좌로 넘어가 스킬도 건질 겸 30레벨을 찍었다.

그리고 바로 신살자 4차 전직인 [신멸포좌(Decider—Canon Master)]로 전직했다. 쿠폰이 있으니 정말 편하게, 몇 분도 안 돼서 여기까지 온 거다.

"자, 4차 전직인데…… 쿠폰이 먹히나?"

쿠폰은 2차 히든 전직까지 쓸 수 있다고 나와 있는데, 4차 전직에 대해서는 아무 말이 없다. 그래서 쿠폰을 찢어봤는데…… 레벨이 오르지는 않고 경험치 게이지가 차올랐다. 고작 12% 올랐던 세계혁명가와는 달리 한 장 찢을 때마다 60%씩 쭉쭉 찬다.

"이러면 안 찢을 이유가 더 드물지?"

그래서 나는 신멸포좌도 30레벨을 찍었다. 빠르게 여기까지 온 건 좋은데…….

"허무하군."

2차 히든 전직 직업 30레벨까지 도달해 스킬을 모두 얻고 지배급 스킬까지 얻은 내게 있어서 4차 전직 직업의 직업 스킬은 영 성에 차지 않는 것들뿐이었다. 물론 쓸모없다는 소리까지는 안 하겠지만, 신을 상대로 할 때는 꽤 쓸모 있을 법한 스킬 셋이었지만 뭐랄까.

"내가 기대를 너무 많이 했나?"

하긴 이렇게 쉽게 얻은 것들이 가치 있기가 쉽지 않다. 몇 분 동안 앉아서 쿠폰이나 찢었는데 뭐 특별한 걸 얻을 수 있겠는가? 그렇게 치면 몇 분 만에 꽤 괜찮은 수확을 거둔 셈도 된다.

"그건 그렇지."

나는 마음을 바꿔먹기로 했다. 어쨌든 신을 죽이는 데에는 꽤 효율적이니 적당히 랭크를 올려두는 것도 나쁘지 않겠다 싶었다.

*　　　　*　　　　*

전쟁 준비는 착착 진행되고 있었다. 회식을 통해 아군들의 성장을 꾀하는 것은 물론, 아군의 무장 상태를 끌어 올리는 것도 필요했다.

건축가를 올린 드워프 플레이어도 많았지만, 대장장이 직업을 택한 드워프들도 있었다. 익히 알려졌다시피 드워프들은 대장 기술에도 특출한 종족 특성을 가지고 있었다.

의외였던 것은 코볼트들이 기계공학 기술에 특별한 재능을 지니고 있었던 거였다.

"…분명 내 앞에선 배나 까고 깽깽 짖어대던 개 같은 종족이었는데."

하긴 이런 능력이라도 갖고 있지 않았더라면 드워프의 유적에서 기계장치로 이뤄진 함정들을 개수하면서 안에서 버티며 살아남을 수 없었겠지.

아쉬운 점은 이들의 능력이 인류연맹의 기술력에 못 미친다는 거였지만, 문명을 되찾은 지 고작 10년 남짓한 세월밖에 지나지 않았다는 것을 감안하면 대단하다고 평가해야 마땅했다.

게다가 부족한 레벨과 수련치는 올리면 그만이다. 회식을 통해서 말이다. 나도 요리사 레벨을 올릴 때 유용하게 써먹었던 [나 혼자 두 배]와 [관심중독증], [별 하나 더]의 시너지는 여전했다.

아무리 인류연맹에는 못 미친다지만 500m 넘는 건물을 쌓고 그 안에 엘리베이터를 박아 운행시키는 기술력이다. 여기에서 조금만 더 성장한다면 교단의 기술력마저도 초월할 게 틀림없었다. 문제는 거기까지 언제 가느냐가 문제인데…….

…라고 생각했던 게 한 달 전의 일이었다.

"전함의 개조가 완료되었습니다, 주인님! 끼잉끼잉!!"

코볼트들의 리더인 후루호이가 내게 보고를 하러 왔다.

사실 전함 중 한 대, 그러니까 기함이자 1번 함은 인벤토리에 넣어놨고, 2번 함은 궤도에 올려놓고 비토리야나와 루시피엘라를 번갈아 태우며 초계 임무를 맡겨놨다. 그리고 3번 함은 뭐 망가져도 상관없다는 식으로 코볼트들에게 맡겼었다.

그리고 이 코볼트들이 전함을 나사 하나까지 완전히 분해해 버린 걸 보고 진짜로 포기했었다. 그냥 코볼트들의 기술력 향상에 조금이라도 도움이 됐으면 됐지! 라고 생각했었다.

그런데 그걸 재조립하는 걸로도 모자라서 개조까지 해놨다고? 그게 무슨 소리지? 나는 놀라서 코볼트들의 작업장으로 향했다.

거기서 내가 목격한 것은 황금 전함이라는 이명이 무색한, 푸른색으로 잘 빠진 유선형의 전함이었다.

Chapter 5

[기적적으로 개조된 축복받은 푸른 유성]

이것이 개조된 전함에 새로이 붙은 이름이었다. 내가 붙인
건 아니고 시스템이 붙인 명칭이다.

혹시나 해서 미리 언급해 두자면, 원래 이 전함은 [기적적으
로 축복받은 대지의 전함]이었다. 앞에 '기적적'이라는 접두어
가 붙은 걸 보면 알겠지만, 개조하기 전에 이미 [이진혁의 불]로
기적까지 부여한 상태였다.

그런데 코볼트들의 개조를 거치더니 전에는 없던 '개조된'이

붙고 '기적적' 접두어가 '개조된'을 수식하게 바뀌었다. [대지의 전함]도 [푸른 유성]으로 바뀌었고 말이다.

바뀐 건 이름뿐만이 아니었다. 전체적으로 출력이 올랐고 크기도 약간 커졌으며 내구도와 방어력도 올라갔는데 중량은 오히려 줄어들어 날렵한 기동이 가능해졌다.

그리고 새로운 옵션도 추가되었다. 바로 이것이었다.

―[슈퍼 이진혁 모드]: 푸른 유성이 인간 형태로 변신한다. 변신 중에는 거대한 갑옷으로 취급한다. 전신에 달린 슬러스터로 고속 기동 및 고속 행동이 가능하며, 에너지 방어막이 제공된다. 에너지 방어막에 접촉한 적은 에너지 계열 피해를 입는다.

"그러니까 방어막 치고 날아가서 들이받으란 소리지, 이 거……."

그래서 푸른 유성이구나…….

[슈퍼 이진혁 모드]라는 작명에는 태클을 걸지 않기로 이미 마음을 먹은 상태였다.

그 외에도 주포가 연사 가능한 연장포로 바뀌었고, 여러 부무장이 추가되었다. 이미 너무 임팩트 센 걸 봐버려서 그런지 추가 무장 자체는 그렇게 인상적이지는 않았다.

워프 항행이 가능해진 건 '기적적인'만 붙었던 이전 버전의 [대지의 전함]에도 있었던 업그레이드 옵션이기도 했지만, 좋은 건 좋은 거다.

비토리야나의 말에 따르면 아광속 이상의 속도로 운항할 때 아인슈타인이 어쩌고 했던 이상한 시차 현상이 일어나는 거지, 워프 항행 중에는 그런 걱정을 할 필요가 없다고 하니 걱정 하나 덜었다 치자.

그럼에도 불구하고 그냥 버렸다고 생각했던 전함 한 척이 더 좋아져서 돌아온 건 사실이다. 그러니 코볼트들을 치하하는 건 반드시 필요한 절차였다.

"훌륭하군. 이 정도로 잘해주리라 생각하진 않았는데."

"끼잉끼잉. 주인님의 칭찬에 몸 둘 바를 모르겠나이다. 그러나 이는 저희 코볼트들의 힘만으로 이뤄진 게 아닙니다. 드워프들의 도움도 있었습니다."

이야기를 듣자 하니 원래 무게 문제로 새로운 무장을 신는 데 제한이 있었는데, 내가 드워프들에게 가져다준 창천금을 합금하는 걸로 그 문제를 해결했다고 한다. 원래 황금빛이었던 전함이 푸른빛으로 물든 것도 아무래도 창천금 덕인 것 같았다.

"그렇군. 그렇다면 드워프들에게도 상을 내려야겠군."

"현명하신 판단입니다, 주인님!"

후루호이는 확 밝아진 표정으로 웃었다. 이 녀석, 다른 종족인 드워프들의 입장을 생각해 주기까지 하다니. 누가 코볼트가 몬스터래?

"끄웅끄웅!"

그런 생각을 하고 있으려니, 후루호이가 내게 배를 까며 바닥에 나뒹굴기 시작했다. …이제는 익숙한 일이 되었기에, 나는 말없이 후루호이의 배를 만져주기 시작했다.

"헥헥헥헥!"

그러자 후루호이의 꼬리가 헬기 프로펠러처럼 맹렬하게 회전하기 시작했다.

다른 코볼트 기술자들이 후루호이를 부러운 듯 바라보았다.

시선이 부담스럽다!

*   *   *

더 좋은 전함이 생겼는데, 기존의 기함을 계속 기함으로 놔둘 필요도 없어졌다. 딱히 전통이나 고집 같은 게 있는 것도 아니고.

나는 기함에 붙어 있던 [기적적으로 축복받은 3대 삼도수군통제사 대장선 천자총통]을 [푸른 유성]으로 옮겼다. 이걸로 [천자총통]의 옵션인 [금신전선 상유십이]를 쓰면 12척의 [푸른 유성을 추가로 얻을 수 있게 될 터였다.

아, [천자총통]에도 [이진혁의 불]의 기적을 덧붙였다. [천자총통]뿐만 아니라 [진리의 검]과 [바즈라다라의 바즈라]을 비롯한 내 여러 무장에도 기적을 걸었다.

그래도 기적을 거는 데에는 시간이 많이 안 들어서 다행이다. 그냥 불 지르면 되니까. [수확의 신]으로 전함에 축복 거는 데에 흙 갈아가며 3~4개월에 걸쳐 작업했던 걸 생각하면 더더욱 다행이라 느껴진다.

기왕 이렇게 된 거 다른 전함들의 개조도 코볼트들에게 맡겨볼까?

"좋아, 맡기자."

나는 이전까지 기함이었던 1번 함을 후루호이에게 맡기기로 마음먹었다.

딱 그때였다.

―적들이 쳐들어왔습니다, 주여!

루시피엘라로부터 통신이 들어온 건.

"알았다! 기도해라!!"

―예, 주여!

나는 그 자리에서 신의 능력을 사용해 루시피엘라의 앞으로 강림했다. 2번 함의 함교였다.

"나 왔다. 적은 어디 있지? 어느 세력의 적이야?"

"아직 이 자리까지 오지는 않았습니다. 다만 공간 이동의 징후가 느껴져서……."

"그래?"

나는 루시피엘라가 가리키는 레이더의 표시기를 보았다. 그랬더니 과연, 우리 전방 10㎞ 지점에 공간 이동 징후가 나타났다는 알람이 표시되어 있었다. 이 레이더, 일전에 교단에서 사와서 달아둔 건데 이렇게 돈값을 하는군.

10㎞라고 하면 멀어 보이지만 우주에서는 지척이다. 가리는 게 없어서 시야가 훤히 트였고 곡사포를 쏴도 똑바로 날아간다. 10㎞면 교전 거리다.

"바로 전투준비를 해야겠군. 루시피엘라, 너는 지상으로 내려가서 미리 짜둔 대로 병력을 소집하고……. 알지?"

"알겠습니다, 주여."

루시피엘라의 대답을 듣자마자, 나는 바로 전함 바깥으로 몸을 던졌다. 물론 스킬을 사용한 공간 이동이다.

"호흡이 필요 없어진 게 이럴 땐 좋군."

불멸자가 되어버렸으니 우주복이든 뭐든 아무것도 없어도 우주에서의 생존에 아무런 무리가 없었다. 진짜 호흡까지도 취미 활동이 되어버렸구나, 나. 뭐, 좋은 거다.

"그래도 기왕 신도들이 개조해 준 건데 한번 써봐야겠지?"

나는 인벤토리에서 [푸른 유성]을 꺼내 실체화시켰다. 유선

형의 잘빠진 푸른 전함에 올라탄 나는 곧장 [푸른 유성]의 가장 특징적인 옵션을 실행시켰다.

"변신!"

당연히 [슈퍼 이진혁 모드]다.

사내의 마음을 불태우는 위잉 치킹이 몇 번 거듭된 후, [푸른 유성]은 거대한 인간형의 모습을 취하게 되었다.

"시간이 좀 걸리는군. 실전에서 바로 써먹긴 힘들겠어."

변형에는 10초도 안 걸리지만, 적들이 방해하기엔 충분한 시간이었다. 영화나 애니메이션에서처럼 작위적으로 적들이 변형 과정을 그냥 지켜만 보고 있다면야 상관없겠지만 실제론 그렇지가 않으니 말이다.

내 차가운 이성은 그렇게 지적했지만, 내 뜨거운 심장은 그 지적을 무시했다.

"솔직히 완전 멋있잖아!"

갑옷으로 취급한다는 아이템 설명이 폼은 아닌지, 나는 [또 하나의 나를 다루는 것처럼 [슈퍼 이진혁 모드] 상태인 [푸른 유성]을 조작할 수 있었다. 주먹을 지르고 킥을 뻗을 때마다 슬러스터가 불을 뿜어 위력과 스피드를 증강시켜 줬다.

"신난다!"

내가 혼자 그렇게 신나 하고 있으려니, 10㎞ 저편에서 빛들이 등장하기 시작했다. 마치 별빛 무리와도 같은 그것들은 점점 밝아지더니, 빛의 파편 하나하나가 사람의 모습을 취하기 시작했다.

"오, 도착들 하셨군."

나는 [폭군의 정당한 권리행사]의 음 스위치를 넣어 존재감을 숨김과 동시에 [기습 준비 태세]를 얻었다. [푸른 유성]의 갑옷 취급은 여기서도 잘 통용되어, [푸른 유성]째로 내 존재감이 잘 숨겨졌다.

이로써 적들은 내 모습을 보지 못하고 인지도 못할 거다. 심지어 탐지 계열 스킬마저도 먹통일 거다. 권능급을 초월하는 지배급의 탐지 스킬이 아닌 이상은. 그런데 과연 적들에게 그 수단이 있을까? 있었다면 교단을 제치고 우주의 패권을 손에 넣었겠지.

"초대한 적은 없는 손님이지만 손님은 손님이니, 크게 서프라이즈 이벤트를 벌여줘야지."

그렇게 기습 준비를 끝낸 나는 등 뒤의 슬러스터를 작동시켜 빛들이 나타나고 있는 방향을 향해 날았다. 방해물이 없는 우주 공간이라 그런지 가속이 매우 쉽게 붙는다.

우주에서 활동하는 게 이번이 처음은 아니지만 '전함이었던 거대 갑옷'을 입고 움직이는 건 처음인지라 이상하게 신난다.

"야호!"

아예 난 슈퍼맨 포즈를 하고 날기 시작했다. 너무 신을 내는 바람에 목표 지점을 지나쳐 버리긴 했지만 모로 가도 서울만 가면 된다고 하지 않는가?

내가 선회해 목표 지점에 도착할 때쯤에나 차원문이 완전히 열려 공간 이동을 마치고 적들이 그 자리에 나타났다. 어쩌다 보니 상대의 뒤를 점한 셈이 됐다.

나는 그들의 모습을 눈으로 확인했다.

의외로 상대는 만신전의 군대였다. 출발한 건 천계보다 뒤였는데 어째서 먼저 도착한 거지? 어쨌든 적 전력은 사전에 잭 제이콥스를 통해 입수했던 정보 그대로의 구성이었다.

병사 역할을 맡은 온갖 잡신들이 300, 중간 관리직이라 할 수 있는 하급 신이 열, 그리고 최고 지휘관인 중급 신이 하나다. 별동대 취급받는 상급 신이 하나 더 파견되었다던데, 모습은 보이지 않는다.

한 번 상대해 본 대신선과 달리, 신들을 상대해 보는 것은 이번이 처음이다. 그럼에도 내가 자신 있게 나설 수 있는 이유는 사전에 대신선 괴월을 심문해 얻은 정보에 기대는 바가 컸다.

내가 쉽게 상대할 수 있었던 괴월이 하급 신을 쉽게 상대하고, 중급 신과 대등한 전력을 지녔다고 했다. 물론 괴월의 의견이니 다소간의 오차는 있을 수도 있겠지만, 그걸 감안해도 어느 정도 상대할 만한 전력이라 할 수 있었다.

　나도 하급 신인데도 이렇게 자신감을 표할 수 있는 건 지배급 스킬인 [폭군의 정당한 권리행사] 덕이다. 나 같은 상식 외의 존재가 있다면 또 모르겠지만, 상식적으로 볼 때는 중급 신까지도 권능급 스킬 하나가 고작일 테니까.

　문제는 상급 신인데, 그 상급 신은 여기에 없다. 999+의 직감에도 걸려들지 않는 걸 보니 거의 확실하지. 별동대 취급이라더니 따로 다니는 모양이지?

　그렇다면 내가 날뛸 수 있는 환경이 조성된 셈이지.

　"자, 그럼. 시작해 볼까?"

　나는 스킬을 사용했다.

　　　*　　　　　*　　　　*

　'우, 우욱! 이래서 초장거리 워프가 싫다니까!'

　하급 신인 소니는 속이 뒤집어지는 것 같은 감각에 구역질을 하고 싶었으나 필사적으로 참았다. 휘하에는 그녀가 이끌어야 할 잡신이 30이나 있었다. 지휘관인 자가 약한 모습을 보이면 되겠는가?

　물론 소니가 이끄는 잡신들은 그녀보다도 몸이 약해 우주공간에 토사물을 둥실둥실 띄워놓고 있었다. 아직 완전한 불멸자가 되지 못한 이들이다 보니 어쩔 수 없는 일이다.

'젠장. 전함이라도 한 척 지원해 줬으면 좋았을걸.'

전함을 타고 워프를 하면 한결 나았을 거라는 생각에 소니는 이를 갈았지만, 그녀는 이 임무에 자원한 입장인 데다 하급 지휘관이라 발언권은 없었다. 그냥 입 다물고 임무에나 충실히 임하는 게 스스로를 위한 일이다.

소니는 휘하의 잡신들을 아우르며 외쳤다.

―자, 다들 잘 도착했지? 번호 불러봐.

매질이 없는 진공에서 진짜 소리를 외쳐봤자 나오지도 않고 들리지도 않는다. 그녀의 의지는 영적 파동으로 잡신들에게 다이렉트로 전해졌다.

잡신들은 몸을 추스르는 것도 버거워 보였지만, 소니가 화를 내면 무슨 일이 일어날지 잘 알고 있기 때문인지 억지로 번호를 세기 시작했다.

―1!

―2!

중략.

―29!

'30! 번호 끝!'이라는 말만 기다리고 있던 소니는 그 뒤로 침묵만 이어지자 눈을 휘둥그레 떴다.

―뭐야? 하나 어디 갔어? 다시 번호 세봐!!

그나마 번호를 부르는 동안 어느 정도 컨디션을 되찾은 잡신들은 아까보다 빠른 속도로 번호를 셌다.

—28!

—…뭐야? 왜 또 하나 줄었어?

그냥 누가 토하느라 번호를 못 센 줄 알았던 소니는 그제야 위화감을 느끼며 직접 숫자를 세기 시작했다. 하급이라 한들 신이긴 한 그녀는 1초도 안 되는 새 27까지의 번호를 셌다.

—으, 응? 27?

아무리 찾아도 세 명이 없다. 27명뿐이었다.

훅.

—……!!

불멸자가 되어 땀을 흘리는 것조차 마음대로 조절할 수 있게 된 소니였으나, 지금 등 뒤를 타고 흐르는 땀은 그 분류가 달랐다. 끈적끈적하고 기분 나쁜… 식은땀. 그리고 소니는 그 원인을 알아챘다.

둘, 추가로 사라졌다.

이 자리에 남은 잡신은 25명뿐이었다.

"헉, 허억……!"

소니는 거친 숨을 토해냈으나, 그 소리가 주변에 전달되는 일은 없었다. 애초에 그녀는 호흡을 필요로 하지 않는다. 필멸자였던 시절의 잔재일 뿐이었다.

그러나 소니가 지금 느끼는 긴장감과… 부정할 수 없는 소름 돋는 공포는 그냥 과거의 잔재라 말할 수 없는 부류의 것이었다.

훅.

"…으, 으아!"

이제는 더 이상 눈치도 볼 필요조차 없다는 듯, 스물다섯의 잡신이 동시에 사라지자 소니는 더 이상 참지 못하고 비명을 내질렀다.

그러나 그것이 잘못이었다.

훅.

다음 차례는 소니, 그녀 본인이 되고 말았으니까.

*   *   *

한편, 중급 신인 부가티는 하급 신 중대장들의 보고를 받고 있었다. 10중대까지 인원 파악 보고를 마쳤건만, 3중대만이 아직 보고를 해오지 않았다.

―3중대, 인원 파악은 끝났나? 야, 3중대장!

3중대장 소니는 비교적 기가 약하고 명령을 잘 듣는, 다루기 쉬운 부류의 부하였다. 그런 3중대장이 대대장의 부름에도 응답이 돌아오지 않다니. 부가티는 뒤늦게 위화감을 느꼈다.

―4중대장, 3중대장이 뭐 하는지 좀 가서 알아봐라.

그러나 부가티는 직접 나서지 않고 다른 중대장을 보냈다.

그것이 잘못이었다.

―4중대장, 뭐가 그렇게 오래 걸려? 야, 4중대장!

4중대장도 소식이 끊겼다. 4중대의 잡신들이 웅성거리는 노이즈가 들렸다.

―정숙! 조용히 해라.

부가티는 귀에 거슬리는 소음을 없애기 위해 신경질적으로 외쳤다. 그러자 곧 그 소음이 사라졌다. 즉각적인 명령 이행에 흡족해진 것도 잠시, 부가티는 다시금 위화감을 느꼈다.

지나치게 조용해졌다. 인기척, 아니, 신기척조차 죽일 필요는 없지 않은가?

―야, 오버하지는 말고. 오버는……. 뭐야.

부가티는 자신의 눈을 의심했다. 이제는 직접 눈으로 볼 필요가 없는 불멸자가 됐음에도 자신의 물리적 오감을 의심한 게 얼마나 오랜만인지 모른다. 그러나 부가티는 그 사실에 비감 같은 것을 느끼지는 않았다.

4중대원들이 모조리 사라졌다. 잡신들이, 단 하나도 남기지 않고.

―뭐야, 이 새끼들. 어디 갔어? 탈영했나?

탈영은 무슨, 이런 이역만리의 변경 차원에서.

그럴 리 없다는 걸 잘 알면서도, 부가티는 스스로도 믿지 않을 현실도피적인 혼잣말을 흘렸다.

─대, 대대장님!

그때, 8중대장인지 10중대장인지 모를 누군가가 부가티를 불렀다. 정신파가 들린 방향을 돌아보자, 8중대장의 얼굴이 새하얗게 질려 있었다. 그의 손가락이 가리킨 방향에는 아무것도 없었고 말이다.

순간적으로 영문을 몰라 8중대장의 얼굴을 들여다보던 부가티는 곧 그것이 그냥 스스로 영문을 몰라 하고 싶어 했던 결과물임을 깨달았다.

왜냐하면 그 자리에는 1중대와 2중대가 있어야 했기 때문이다.

그저 눈을 몇 번 깜박였을 뿐인데, 10개 중대 중 4개 중대가 사라져 버렸다.

─8중대장! 뭐야! 뭘 본 거야!? 대답해!

부가티는 심저에서부터 불쑥 올라오려는 공포를 억지로 내리누르며, 8중대장에게 날아가 그의 멱살을 잡았다.

─히이이익! 아무, 아무것도, 아무것도 못 봤습니다!!

아무것도 보지 못했다. 8중대장은 그 사실, 그 자체가 두려운 듯 몸을 부르르 떨었다. 멱살을 쥐었기에 그 떨림을 더욱 역력히 느낄 수 있었다.

—흐억!

그리고 9중대장이 급히 숨을 삼키는 모습을 보고, 부가티는 뒤를 돌아봐선 안 된다고 직감적으로 판단했다. 그럼에도 불구하고, 부가티는 뒤를 돌아보고 말았다.

이제 와서는 당연하다는 듯이 그 자리에는 아무것도 없었다. 그거야말로 그 어떤 것보다도 두려운 일이었음을 부가티는 비이성적으로 이해했다.

그 자리는 5중대가 있어야 할 자리였다.

—…진정, 진정해라.

부가티는 말했다. 그것은 차라리 스스로에게 하는 말이었다. 만약 이 자리에 그 혼자만 있었다면 그는 공포에 울부짖으며 곧장 이 자리에서 도망치겠지만, 그는 그럴 수 없었다. 그는 책임자였으며, 책임져야 할 부하들이 아직도 절반이나 남아 있었다.

—신, 하급 신. 우리가 찾아야 할……. 놈이 여기에 있다.

그나마 정신파로 의사소통이 가능해서 다행이었다. 만약 입을 열어 소리를 내어야 했다면 입을 열 때마다 이가 서로 마주쳐 따다닥 소릴 냈을 테니까. 그런 모습을 보이지 않기 위해 부가티는 이를 꽉 물고 있어야 했다.

—우리는 지금 권능 공격을 받고 있다!

부가티는 선언했다. 그 선언은 그에게 얼마간의 용기를 주었다.

공포라는 감정을 불러일으키는 가장 큰 요인은 미지다. 모르는 것 앞에서 인간은 두려움을 느낀다. 이런 일이 어째서 일어나는지 알 수 없다는 게 두려움을 증폭시킨다. 물론 그들은 인간이 아니지만, 그렇다고 공포를 모르는 것은 아니다.

그러나 적의 정체가 신이고, 그 수단이 권능이라고 정의한 순간, 적어도 부가티 자신이 '모르고 있지는 않다'는 착각을 불러일으켰다.

문제는 부가티의 넘겨짚기가 절반만 정답이었다는 점이었다.

*　　　　*　　　　*

굳이 언급할 필요도 없겠지만, 만신전의 군대 절반을 빼먹은 건 나다.

"매우, 매우 쉽군."

나보다 신격이 높은 중급 신이 식은땀을 빼가면서도 내 약탈에 전혀 대항하지 못하는 모습은 나로 하여금 어떤 카타르시스를 느끼게 했다.

그랬다. 이건 약탈이었다. 그것도 매우 쉬운!

방법은 다음과 같다.

[기습 준비 태세]를 취하고 있기에 적들은 내 존재를 인지하지 못한다. 그러니 적에게 슬그머니 다가가서 [푸른 유성]의 격납고를 열고, 그대로 방심한 잡신이나 하급 신을 집어삼킨다. 그리고 그렇게 집어삼킨 대상을 격납고 안에서 처리한다.

어때요? 참 쉽죠?

더군다나 어째선지 이 방법을 쓰면 '적에게 공격'한 걸로 인정되지 않아, [기습 준비 태세]가 해제되지 않는다. 이유나 원리 같은 건 모른다. 그냥 내 몸 안에서 일어나는 일로 치는 거려나?

하긴 밥을 먹고 나서 위장에서 소화시킬 때 밥을 공격한다는 판정이 나진 않으니까. [푸른 유성]은 갑옷 취급이니 격납고 안의 적들은 위장 속의 밥처럼 판정되는 걸지도 모른다.

좀 으스스한 비유인가? 뭐 아무럼 어때. 아무튼 이 덕분에 나는 적에게 모습을 보이지 않은 채로 적들을 처리할 수 있게 되었다.

이렇다 보니 일단 격납고에 적들을 집어넣기만 하면 그 후엔 각개격파가 가능했다. 뭐……. 사실 하다 보니 이력도 붙고 해서 중반부터는 중대급 병력 하나씩 집어삼켜서 한꺼번에 처리하기도 했지만 이것도 각개격파는 각개격파지.

쉽기도 했고 신도 나서 반복 작업에 열중했더니, 어느새 적들 중 절반이나 처리했다.

물론 현재 남아 있는 적들 중 가장 위협적인 중급 신과 아직 모습을 드러내지 않고 있는 상급 신을 처리해야 비로소 안심하고 승리를 선언할 수 있게 되겠지만 말이다.

"오?"

아무리 그래도 아군을 반이나 잃었는데 아무것도 안 할 수는 없는지, 적들의 움직임에 변화가 생겼다. 마치 포식자에게 공격받은 초식동물의 무리처럼, 병력을 원형으로 배치하고 사방을 경계하는 태세를 취했다.

문제는 초식동물의 무리는 어린 개체와 늙은 개체를 원의 안에 넣는 반면, 저들은 지휘관인 하급 신들과 리더인 중급 신이 원의 안에 들어가 있다는 점이었다. 약한 잡신들은 공포에 떨면서 원의 바깥쪽을 경계하고 있었다.

"허……."

어딘지 모르게 마음에 안 들긴 하지만, 효과적인 대응 방법이긴 하다. 이래서야 내가 주의 깊게 움직이더라도 적들의 시야에서 벗어난 곳에서 적들의 일부만 쏙쏙 골라 집어삼키는 건 힘들다.

"그렇다면 방법을 바꿔야지."

내가 적들에게서 모습을 숨긴 채 집어삼켜 처리를 한 건 그게 쉬운 방법이었기 때문이다. 그것 외에 다른 방법이 없기 때문이 아니라.

이 방법이 쉽지 않아졌으면 다른 방법을 쓰면 그만이다.

나는 [폭군의 정당한 권리행사]의 옵션인 [폭군의 대역—음]을 사용했다. 그러자 [또 하나의 나]가 [기습 준비 태세]에 걸린 상태로 출현했다. 같은 방법으로 12개체의 [또 하나의 나]를 만들어냈다.

"[금신전선 상유십이]."

그리고 여기서 [푸른 유성] 12척의 출격이다. 알다시피 [천자총통]의 옵션으로 인한 전함 복제인데, [푸른 유성]에도 잘 만 통했다. 12척의 [푸른 유성]은 원형으로 진을 짠 적들을 포위하는 형태로 소환되었다.

다만 아무도 안 타고 있는 [푸른 유성]에는 [기습 준비 태세]도 안 걸려서 그냥 모습이 드러났지만 상관없다. 애초에 노리고 한 게 그거니까.

12명의 [또 하나의 나]를 모두 [푸른 유성] 안에 들여보내고, 나는 [폭군의 정당한 권리행사]의 스위치를 양으로 넣었다. 그러자 총 13척의 푸른 유성이 강렬한 존재감을 발하며 그 모습을 드러냈다.

─헉! 이것들은 대체……!

─거대한… 푸른 거인이라니!!

―포위당해 있었던 건가?! 이미!

적들의 얼굴에 경악이 떠오르는 건 꽤 볼만했다. 스위치 양 상태에서 켜지는 [폭군의 오라] 탓에 잡신들은 여러 상태이상에 걸려 벌써부터 전의를 잃고 흔들거리고 있었다. 하급 신들이라고 그리 나을 건 없었다.

그나마 지휘관 격인 중급 신은 어느 정도 저항하는 모습을 보였지만, 간신히 버텨내는 것일 뿐 완전히 저항해 내지는 못한 건지 얼굴이 창백해져 있었다.

그러나 그게 무슨 의미가 있을까? 이미 진형은 무너졌다. 병사 격인 잡신들은 멋대로 도망치려 들거나 그 자리에 주저앉아 버려 더 이상 통제할 수 없는 상태가 되어버리고 말았다.

그럼에도 이들이 흩어져 버리지 않은 건 아이러니하게도 내 덕이었다. 여러 내가 동시에 사방을 포위하고 있으니 도망칠 곳도 없어서 모여 있는 것에 불과하니 말이다.

―들리나? 들리겠지.

나는 정신파를 내쏘았다. 애초에 저들은 암호화도 하지 않은 채 정신파로 대놓고 의사소통을 하고 있었다. 물론 내 존재를 눈치채지 못했기에 그랬던 거겠지만.

―귀관들은 무단으로 그랑란트의 공역에 침입했다. 잘 알다시피 이는 적대 행위이며, 우리는 이를 침략으로 간주한다. 그

런 의미에서 귀관들과 그랑란트의 전쟁은 이미 시작되었다.

사실 좀 억지긴 하다. 왜냐하면 그랑란트는 아직 정식으로 독립 세력으로서의 선포를 하지 않은 상태니까. 그러나 그렇다고 그랑란트를 미개척 영역으로 간주하고 무단침입을 하는 걸 용납할 수는 없다.

굳이 비유하자면 지구 시대 유럽 세계에서 멋대로 교전규칙을 만들고 그걸 따르지 않는 외부 세계에 야만인이라고 트집잡아 침략하는 거랑 비슷하다고 할 수 있겠다. 그럼에도 불구하고 유럽 세계의 규칙이 통한 건 그것들이 강력한 군사력을 지녔기 때문이었다.

규칙이 없는 곳에선 결국 힘의 논리에 따를 수밖에 없다는, 틀려먹었고 야만적이지만 결코 부정할 수는 없는 세계의 원리다.

그러니까 한 줄로 요약하자면…….

─그러니까… 항복해라. 항복하지 않겠다면 토벌하겠다.

여기선 내가 더 강하니 내 규칙을 강요할 수 있다, 이 소리다.

─…한 가지 묻지.

긴 침묵 끝에 원형진의 중앙에 선, 그러니까 가장 안전했을 터인 곳에 선 중급 신이 내게 말을 걸었다.

─내 부하들은… 네가 죽였나?

눈에 핏발이 선 게, 마치 생명체 같았다. 그런 그를 향해, 나는 이렇게 대꾸해 주었다.

─본인은 가장 안전한 곳에 있는 주제에 부하들을 걱정하는 척하는군.

─…대답해라.

도발이었으나, 적은 쉽게 격앙되지 않았다.

─대답할 의무는 없지만 그럼에도 불구하고 대답해 주지. 그들은 내가 사로잡아 안전하게 보호하고 있다. 포로로서 말이다.

틀린 말은 아니다. 그들에게 몇 가지 스킬을 걸긴 했지만, 목숨이 안전한 건 사실이니까.

─너희가 항복한다면 똑같이 안전해지겠지만, 그렇지 않다면 운이 좋았던 그들과 달리 너희는 곧 불운해지겠지.

내 말을 들은 잡신들의 얼굴이 공포에 물들었다. 지휘관인 하급 신들의 표정도 좋지는 않았으나, 그래도 지휘관의 체면 때문인지 억지로 이를 악무는 모습을 보이고 있었다.

*   *   *

─…한 가지만 더 묻지.

중급 신이 내게 말을 꺼냈다. 슬슬 귀찮아지기 시작했지만,

나는 온유하게 대꾸해 주었다.

―허락하지. 나는 관대하니.

―그대가… 이 세계에서 새로 태어난 하급 신인가?

―대답하지 않겠다.

대답해 줘도 상관은 없었지만, 대답하지 않은 이유는 그냥 쪽팔렸기 때문이다.

다른 놈들이면 모르겠는데 상대가 신이다 보니. 그것도 나보다 높은 중급 신이라니. 저런 쭉정이가?

역시 빨리 하급을 떼고 중급으로 가야겠어. 나는 그런 각오를 새롭게 다졌다.

―나는 관대하지만 무한히 관대하지는 않다. 이제 슬슬 나도 대답을 들어야겠어. 선택해라. 항복이냐, 죽음이냐?

―항복… 하지…….

동시에 나는 아주 미약한 위기감을 캐치했다. 사실 이 정도면 위기감이라고 할 수도 없었다. 그냥 신호? 적의 공격이 들어올 거라는 알림 비슷한 거였다.

―않겠다!

적은 날 기만하고 내게 기습을 걸 셈이었던 것 같지만, 내가 그 조짐을 직감으로 미리 알아차리고 있었기 때문에 내게 있어선 텔레폰 펀치와 다를 바가 없었다.

―알았다. 그 판단을 존중하지.

나는 어렵지 않게 적의 공격을 피하면서, 동시에 모든 나의 [폭군의 정당한 권리행사] 스위치를 [음]에 놓았다. 적들에게 있어 내 모습은 아마도 어둠 속에 녹아드는 아이스크림처럼 보였으리라.

─이럴 수가!

─사, 사라졌어!!

당황한 적들의 정신파가 달콤하게 들린다.

자, 이제부터 천천히 요리해 볼까? 간만의 전투다. 단번에 적들을 해치우는 건 맛이 없다. 순순히 항복하지 않은 것을 충분히 후회하도록 시간을 들여서……. 음?

나는 인벤토리 안의 진동을 느꼈다. 지상의 긴급 연락 신호다. 나는 곧장 연락을 받았다.

"무슨 일이야?"

─큰일입니다, 로드! 대기권 내에서 적들이 갑자기 출현했습니다!!

연락 상대는 키르드였다. 그러고 보니 키르드에게도 인류연맹의 연락용 디바이스가 주어졌었지. 아니, 지금 중요한 건 이게 아니다.

"적들? 신선들인가?"

─그렇습니다, 로드!

타이밍이 너무 절묘하다. 내가 궤도상에서 먼저 만신전의 병력을 상대하고 있을 때 천계의 병력이 딱 맞춰 대기권 내에 출현하다니. 마치 누군가가 뒤에서 이 모든 걸 조율하고 있다는 생각마저 들 정도다.

그리고 그건 아마도 마구니 동맹이겠지. 이 이야기는 이미 잭 제이콥스와 나눈 적이 있었다.

아니, 이러고 있을 때가 아니다. 지금 당장 천계의 적들을 맞아 싸우러 가야 했다.

"기도해라, 키르드!"

—네, 로드!

만약 내가 [기습하는 또 하나의 나] 스킬을 그대로 내버려 뒀었다면 지금 이 상황을 굉장히 곤란하게 느꼈을지도 모르겠다.

하지만 초월 권능급 스킬과 지배급 스킬은 또 한 등급이 다르다. 아예 다른 세계로 가버리면 모를까, 궤도권과 대기권 내 정도의 거리로 스킬이 취소되지는 않는다.

그러니 이렇게 병력을 나누는 것도 간단해진다.

1번부터 6번까지의 나는 이대로 만신전 놈들을 상대하고, 나머지는 대기권으로.

"어디냐, 키르드!"

—여기 있나이다, 마이 로드!

키르드의 대답이 다 끝나기도 전에 나는 그의 앞에 강림했다. 물론 [푸른 유성]을 입은 채, 일곱의 [또 하나의 나]가 동시에 강림했다.

나는 적의 위치를 묻지 않았다. 내 등 뒤에 적들이 잔뜩 몰려 있음을 묻기 전에 이미 눈치챘으므로. 일곱의 내가 동시에 뒤를 돌아보았다.

"항복하라! 다시 한번 말하건대, 항복하라! 매주 일요일에 200명의 인류종을 바친다면 우리는 너희를 해하지 않으리라!!"

저런 개소리를 짖어대고 있는 게 대체 누구지? 라고 생각하며 보니, 진짜 개였다. 거대한 개. 입에서는 침을 질질 흘리고 있는 게, 잔뜩 굶주린 모양이었다.

그리고 난 놈이 괴량이나 괴월과 같은 요선임을 눈치챘다. 저것들은 사람을 먹어서 힘을 쌓는다. 매주 200명의 인간을 받겠다는 건 잡아먹기 위해, 식료로 공급받기 위해서다.

짖어대고 있는 건 개 한 마리지만, 침을 흘리고 있는 건 개 한 마리로 끝이 아니었다. 다종다양한 요선들이 거대한 짐승의 형태로 나타나 갖가지 울음소리를 토해내고 있었다.

그 꼴이 내게는 브레멘 음악대처럼 우스꽝스럽게 보였지만, 나의 신도들에겐 심히 위협적인 듯했다. 바들바들 떨면서 서로를 부둥켜안는 걸 보니 말이다. 심지어 이 자리에는 케이와 테스카가 있었음에도 그러했다.

이건 내 천사 둘의 탓이 아니었다. 이미 신도들은 저 둘이 괴량과 괴월에게 지는 모습을 목격하고 말았다. 그런데 이번엔 저렇게 많은 수의 요선들을 둘이서 막으려 드니 위협적으로 느끼는 것도 어쩔 수 없는 노릇이었다.

"대답이 늦는군! 250! 사태를 평화롭게 해결하기 위해 너희는 매주 일요일마다 250명의 인류종을 우리에게 바쳐야 할 것이다! 대답이 늦을수록 숫자는 불어날 거다! 빨리 결정해라!!"

홈쇼핑이냐.

내가 눈앞에 나타났음에도 저들이 짖어댈 수 있는 이유는 간단했다. 내가 아직 스위치 [음]을 켜놔서 [투명화]와 [기척 차단]이 걸려 있기 때문이다.

그러므로 나는 스위치를 껐다. 그냥 중립으로 두는 게 아니라, [양]으로 말이다. [폭군의 오라]를 휘감은 일곱의 내가 푸른 거인의 모습으로 요선들과 내 백성들 사이를 가로막았다.

신나서 짖던 개의 표정이 일변했다.

"네놈들. 나의 적. 너희와 뭔가 대화 같은 걸 나눠보고자 생각했던 적도 있었지. 하지만……."

나는 웃어 보였다.

"이젠 아니야."

[세계를 혁명하는 힘]!

나는 세계의 법칙인 시간의 흐름을 무시했다. 이로써 멈춰진 시간 속을 유영할 수 있는 건 오로지 나뿐이다.

"오? 아!"

[세계를 혁명하는 힘]을 발동해 시간을 멈춘 후 움직일 수 있는 건 나뿐이다. 그런데 이게 '모든 나'에 적용된다는 걸 이번에 알게 되었다.

아니, 사실 알고는 있었지. 분신 발동하고 시간 멈추면 모를 수가 없으니까.

그런데 그랑란트 궤도상에 남겨둔 내 대역들에게도 적용될 줄은 몰랐다. 분신의 사거리가 이렇게까지 길어진 건 처음이라 나로서도 첫 경험이다.

하긴 [세계를 혁명하는 힘]을 통한 시간 정지는 정확하게 말하자면 진짜 시간을 멈춰 버리는 게 아니라 시간의 흐름을 무시한 채 나 혼자 움직이는 거니, 이론상으로는 당연히 이렇게 되는 게 맞다. 스킬의 유효범위가 세계 전체가 아니라 나 자신이니 아무 문제가 없다.

그럼에도 불구하고 이러한 스킬의 효과가 이 전투에 끼친 영향력을 생각하면 이래도 되나 싶은 생각이 들긴 하지만.

"있는 건 써먹어야지!"

궤도권의 대역들은 [푸른 유성]의 격납고를 열어 만신전의 신들을 후루룩 집어 삼키고 [폭군의 지배—음]을 통한 광역 지배를 시전해 적들을 무력화시켰다.

동시에 지상의 나는 [폭군의 징벌—양]을 시전했다.

[징벌의 권능]이었을 때 가장 까다로운 요구 조건 중 하나였던 '대상의 악행을 목격해야 한다'가 사라지고 1개체만을 대상으로 했던 권능 버전과 달리 광역 범위 공격이 가능해진, 지배 등급으로 올라오면서 가장 쓰기 편해진 부류에 속했다.

더 큰 문제는 이렇게 쓰기 편해졌음에도 그 위력은 조금도 감소하지 않고 오히려 배가되었다는 점이었다.

빠지지지지직!

시간이 다시 흐르기 시작하자마자 뻗어 나간 지배 등급 스킬의 파괴력이 적 요선 전부를 집어삼켰고, 다음 순간 그 자리에 남아 있는 건 시체조차도 아닌 까맣게 흩날리는 먼지 조금일 뿐이었다.

시스템의 카르마 계산 메시지가 시야를 한가득 채우는 바람에 당분간 메시지 표시를 끄고 나중에 로그를 확인하기로 했다.

빨리 해치운 건 좋은데 카르마를 얼마나 손해 봤을지를 생각하면 조금 조마조마하다. 뭐, 사람 잡아먹는 요선들이니 혹자일 가능성도 아주 접어두진 않겠지만 그건 내게 너무 유리한 예상이니까.

요선들은 그렇다 치더라도 [푸른 유성]으로 집어삼켜 제압해둔 잡신들을 간단하게 죽여 버릴 수 없는 이유도 카르마 때문이다. 아무래도 요선에 비해 잡신들은 포지티브 카르마를 쌓아뒀을 가능성이 높다 보니, 아무렇게나 마구잡이로 죽일 수는 없었다.

그렇다고 만신전의 잡신들에게 찬란한 미래가 기다리고 있는 건 또 아니다. 제압한 잡신들은 [착취의 권능]의 지배급 버전인 [폭군의 착취]로 실제로도 잡아먹을 생각이니까. 특히 신성은 한 방울도 남기지 않고 쪽쪽 빨아먹을 생각이다.

당연히 요선들이라고 착취의 대상에서 벗어나진 않는다. 시체라곤 먼지밖에 안 남았지만, 그렇다고 착취할 수 없는 건 아니니까. 효율은 조금 떨어지겠지만.

뭐, 어쨌든 이걸로 끝났다.

"…응? 다 끝났다고?"

그렇게 정신 차리고 보니 기대했던 파티가 몇 분 만에 종료되어 있었다. 아니, 몇 분도 아니지. 만신전의 잡신들은 갖고 노느라 시간 좀 걸렸지만 천계의 요선들은 1초 컷이었다. 그것도 내 기준에서나 1초 컷이지, 실제론 시간을 멈춰놓고 정리했으니 그 미만이었다.

결론.

가슴 벅차게 고대하며 기다렸던 두 세력의 침략군을 순식

간에 정리해 버리고 말았다.

마음만 먹었으면 양쪽 다 1초 컷이었다는 점, 그리고 요선들을 이렇게 한꺼번에 정리했는데 얻을 수 있었던 경험치가 영 양에 차지 않는다는 점 등. 내 입장에서는 도저히 만족스러운 결과라고 할 수가 없었다.

"젠장!"

두고두고 천천히 맛있게 음미하며 잡아먹을 생각이었는데 머리에 열이 오르는 바람에 그만 순식간에 정리해 버리고 말았다.

나는 입맛을 다시며 주변을 둘러보았다. 그러자…….

"우, 우와아아아아아아!!"

"와아아아아아아아!!"

한 타이밍 늦게 내 신도들의 환호성이 전쟁터에 울려 퍼졌다. 사람들은 서로 얼싸안고 눈물을 흘리며 기뻐했다. 그리고 마치 신앙간증회에라도 온 것처럼 내 이름을 부르고 찬양과 찬송을 울부짖듯 불렀다.

이 환호성을 들으니 갑갑했던 마음도 한결 편해졌다. 물론 나를 찬미하는 신도들의 목소리로 인해 평소보다 훨씬 잘 쌓이는 신앙과 신성 때문이기도 했지만 그보다도 내가 지킨 사람들이 안전했고 그로 인해 내게 감사하며 기뻐하기 때문임이 더 컸다.

그래, 내가 화가 나서 단번에 요선들을 처치해 버렸던 이유도 이들 때문이다.

나의 사람들, 나의 백성들, 나의 아이들. 이들의 목숨이 위협받는다고 생각했기에 화가 났던 거고, 내 분노와 징벌은 정당했다.

시스템이 뭐라 판정하든 무슨 상관이랴? 설령 몇 백 카르마쯤 손해 보더라도 감수하리라.

그런데…….

—포지티브 카르마의 축적 한계를 넘어섰습니다.
—한계돌파!

"뭐라?"

결과는 내 생각하곤 달랐다.

상태창의 카르마를 보니 99,999+가 되어 있었다. 한계돌파다.

이 요선 놈들, 네거티브 카르마를 대체 얼마나 쌓아뒀던 거야? 각오했던 거랑 정반대의 결과가 나오니 나로서도 얼떨떨할 수밖에 없었다.

그러나 놀랄 일은 이걸로 끝이 아니었다.

―에러!

―포지티브 카르마의 축적은 한계돌파 할 수 없습니다.

잉? 뭐라고? 그럼 이 많은 카르마가 그냥 증발하는 거야? 순간 당황했지만, 시스템 메시지의 출력은 이걸로 끝난 게 아니었다.

―카르마 마켓에서 여분의 카르마를 소모해 주시기 바랍니다.

―카르마 마켓으로 강제 이동 합니다.

내 눈앞이 하얗게 변했다.

Chapter 6

내가 기억하는 카르마 마켓의 모습은 사방이 온통 하얀색
인 작은 방에 테이블이 하나, 그리고 점주인 노인이 한 명 서
있는 것이 끝이었다.

그런데 이번에 눈을 뜬 내가 본 광경은 내 기억 속의 카르
마 마켓과는 달랐다.

먼저 크기부터가 달랐다. 아니, 면적이라고 해야 하려나? 끝
도 없이 펼쳐진 하얀 공간에, 커다란 하얀 건물이 세워져 있
었다.

그러나 무작정 하얀색만 있는 건 아니었다. 내 앞에 붉은

융단이 깔려 있었다. 그 융단은 건물 입구로 이어져 있었으며, 융단의 양옆에는 젊고 아름다운 점원들이 2열 종대로 서서 내게 동시에 고개를 숙였다.

"이진혁 님의 카르마 마켓 방문을 환영합니다."

뭐야, 부담되게.

아무리 내가 그랑란트에서 사람들의 떠받듦에 어느 정도 익숙해졌다고 해도, 그건 상대가 내 신도, 내 백성, 내 사람들이기에 받아들일 수 있는 거였다. 그러나 모르는 사람들이 갑자기 내게 고개를 숙여봤자 경계심밖에 들지 않았다.

뚜벅, 뚜벅.

그때, 누군가가 내게 다가왔다. 아는 얼굴이었다.

"점주님?"

죽어본 횟수만큼 얼굴을 봤던, 내게 익숙한 카르마 마켓의 점주였다. 인자한 표정의 점주는 내게 예의 바르게 허리를 숙이며 이렇게 말했다.

"말씀 낮추시지요, 영웅왕 폐하."

아니, 영웅왕 폐하라니. 솔직히 내 얼굴에 너무 금칠한 칭호라 듣고 마냥 좋아할 수만은 없었다. 나는 살짝 굳은 표정으로 웃어보였다.

"…소식 빠르시네요."

"오히려 늦은 편에 속하지요."

점주는 인자하게 웃었다.

"그리고 여기는 카르마 마켓 본점입니다. 이곳에서 저는 그저 안내인일 따름이지요."

뭐지? 그럼 내가 이제까지 드나들었던 카르마 마켓은 분점에 불과했던 건가? 오묘한 감정을 곱씹고 있으려니, 점주가 내게 말했다.

"자, 이런 곳에 서 계시지 마시고 본점에 입장하시지요. 시간이 얼마 없습니다."

"네? 시간이요?"

"예. 이대로 있으면 넘치는 분의 카르마가 증발해 버릴 테니까요. 그 전에 얼른 사용하셔야 합니다."

아, 그랬지. 시스템 메시지의 내용을 떠올린 나는 점주의 말에 따라 붉은 융단을 밟고 걷기 시작했다.

"원하신다면 안내인을 바꿀 수 있습니다. 이들 점원들 중하나로요. 사실 숫자 제한은 없으니 마음껏 데려가셔도 좋습니다만."

내가 걷기 시작하자, 점주는 넌지시 그렇게 말했다. 그리고 점주의 그 말이 나온 순간, 점원들의 눈이 무시무시하게 빛나는 것처럼 느껴졌다.

"됐어요. 생각 없어요. 그냥 점주께서 안내해 줘요."

모르는 젊은 미인보다는 아는 노인이 낫다. 나는 그렇게 판단했다. 그러자 점주는 곤란한 듯 웃으며 말했다.

"여기서 저는 점주가 아닙니다만……."

"그럼 뭐라고 부르면 되는 거죠?"

"…여기서 그걸 물어보시는군요."

응? 자연스러운 흐름 아니었나? 내 귀엔 이름을 물어봐 달라고 하는 것 같았는데. 그러나 점주 노인은 의미심장한 목소리로 정말 새삼스러운 자기소개를 했다.

"제 이름은 제우스라고 합니다. 지구 출신이신 영웅왕 폐하께선 들어보신 적이 있을지도 모르겠군요."

"응? 제우스? 그 제우스요?"

그리스 신화에 나오는 그 제우스 말인가? 내가 놀라 되묻자 제우스는 사뭇 자랑스러운 듯 어깨를 펴며 내 말에 대답해 주려고 했다.

"네, 제가 그 제우스……."

"그 난봉꾼 제우스요?"

내가 말하고도 아차 했다. 본인을 앞에 두고 난봉꾼이라니, 너무 실례 아닌가. 본인이 아니라면 다행이지만……. 안타깝게도 내 말을 들은 점주 노인, 제우스의 눈썹 끝이 파르르 떨렸다.

"…아무래도 폐하께서 아시는 제우스와 저는 다른 인물 같군요."

장고 끝에 나온 말이 이거였다.

"아, 죄송합니다. 제가 그만……."

나는 뒤늦게 사과했지만, 제우스는 고개를 두 번 저었다.

"아뇨, 사죄하실 일은 아닙니다. 저는 그 난봉꾼 제우스와는 다른 인물이니까요."

반응을 보니 아닌 것 같지만……. 내 999+의 직감도 이 양반이 그 제우스라고 가리키고 있었지만.

그냥 아닌 걸로 해두자.

조금 딱딱해진 분위기를 전환시키기 위해 그렇게 별로 중요하지 않은 잡담을 나누며 건물의 문 앞에 당도했더니, 팡파레가 울려 퍼지며 유리문이 자동으로 드르륵 열렸다.

문 안쪽으로도 융단 길은 이어져 있었으며, 그 융단 길의 양옆에도 점원들이 도열한 채 나를 기다리고 있었다.

"카르마 마켓 본점 첫 번째 손님을 환영합니다!!"

융단 옆에 서 있던 점원들과 문 안의 점원들이 청명한 목소리로 그렇게 외치고는 다 함께 박수를 쳤다.

"잠깐만요, 첫 번째 손님?"

나는 어리둥절해 제우스를 바라보며 물었다. 그러자 제우스는 웃으며 대답해줬다.

"그렇습니다, 폐하. 포지티브 카르마를 물경 10만 점을 모아 본점에 당도하는 손님은 폐하가 처음입니다. 도저히 필멸자로서 밟을 수 없는 경지지요."

하긴 포지티브 카르마 10만 점을 모으려면 플레이어 100명 이상을 살해한 범죄자를 10만 명 이상 처형해야 한다. 그 범죄자에게 희생된 플레이어만 천만 명 이상이 있어야 한다는 소리다. 스탈린이나 히틀러도 천만 명을 죽이진 못했을 거다.

다시 생각해도 그 요선들 참 대단하네. 아니, 대단하다기보단 괘씸하다고 해야 하려나. 거의 인류종을 멸종시킬 정도로 잡아먹은 놈들이다. 새삼 놈들을 죽여 없앤 게 자랑스러워진다. 그 희생양으로 내 백성들이 포함되지 않은 게 다행으로도 느껴지고.

"아, 물론 지금 폐하께오선 불멸자시지만, 필멸자 출신으로서, 라는 의미입니다."

내가 생각에 잠겨 있으려니, 제우스가 문득 그런 말을 덧붙여왔다. 그런 걸 고민했던 건 아니지만, 나는 굳이 정정하지 않았다. 그보다 다른 질문이 또 떠올랐기 때문이었다.

"그럼 불멸자 손님은 있다는 의미 아닙니까?"

"제가 잘못 말했군요. 불멸자 손님은 없습니다. 불멸자 점원은 있을지 몰라도요."

불멸자 점원. 그 말을 듣자마자 나는 눈앞의 제우스를 바라보게 되었다.

"아, 저는 그 난봉꾼이 아닙니다."

내 시선을 받고 무슨 오해를 한 건지, 제우스는 서둘러 덧붙였다.

내가 그렇게 제우스와 이야기를 나누고 있던 새, 건물 안쪽에서 누군가가 붉은 융단을 밟고 걸어왔다. 내 맞은편에 그 누군가가 서자, 제우스는 뒤로 물러나며 예를 취했다. 그런 제우스의 태도에 상대가 꽤나 높으신 분이란 걸 알 수 있었다.

난 어쩌지? 예를 취해야 하나?

그런 내 고민은 쓸데없는 것으로 끝났다. 그 누군가가 내게 허리를 숙여 예를 표했기 때문이다.

"첫 번째 손님을 뵙니다. 저는 미욱하나마 이 카르마 마켓 본점을 맡아 담당하는 본점주, 아담이라고 합니다."

아담? 제우스에 이어서 아담이라고?

"잠깐, 아담은 필멸자잖아요?"

나는 나도 모르게 제우스에게 그렇게 묻고 말았다. 그러자 대답을 한 건 아담 쪽이었다.

"아마 손님께서 아시는 아담과 저는 다른 인물일 겁니다. 저 노인이 그 난봉꾼이 아닌 것처럼 말입니다."

부드럽게 웃는 모습을 보고 지뢰를 밟은 건 아닌 것 같다 싶어서 나는 조금 안도했다. 아니, 잠깐. 아닌가? 제우스는 그 난봉꾼이 맞으니까 아담도 필멸자 출신…….

그게 뭐 어때서.

나는 생각하길 포기했다.

"본점에서는 뭘 파나요?"

"우선 이걸 받으시지요."

아담이 내게 뭔가를 내밀었다. 블랙… 카드?

"카르마 마켓 VIP 카드입니다. 살인 면허증이라 부르는 자들도 있더군요. 사실 그다지 틀린 말은 아닙니다. 앞으로 고객님께서 저지르실 플레이어 킬에 대한 네거티브 카르마의 축적을 무효화하는 기능이 담겨 있습니다."

"네? …그런 게 용납돼도 괜찮은 건가요?"

딱 듣기만 해도 온갖 악용이 가능한 사기템인데? 그러나 아담은 내 우려 섞인 물음에 따스하게 웃으며 이렇게 대답해 주었다.

"괜찮습니다. 이제까지 고객님께서 세우신 위업을 감안할 때, 앞으로도 아무 이유 없이 살인을 저지르실 분은 아니라는 판단하에 주어지는 것이니까요."

내가 악용 안 할 걸 믿고 준다, 라. 그렇군. 나는 납득했다. 그거라면 믿을 수 있다.

"물론 한계는 있습니다. 10만 네거티브 카르마까지밖에 무효화하지 못하니 유의해서 사용하시길."

1 네거티브 카르마를 쌓으려면 100명의 플레이어를 죽여야 하니, 10만 네거티브 카르마를 쌓으려면 내가 징기스 칸급의

학살자가 되어야 한다. 애초에 내가 그만큼 많은 사람을 한꺼번에 죽일 일이 있을까?

그렇게 자문한 순간 만신전과 천계라는 단어가 갑작스레 떠올랐지만 그냥 무시하기로 했다.

"그리고 추가적으로 카르마 마켓 본점으로의 입장권 역할도 겸하고 있으며, 10만 포지티브 카르마까지 대출 가능한 크레디트카드의 역할도 하고 있습니다만 그리 중요한 내용은 아니죠."

아니, 그게 더 중요한 것 같은데? 대출 가능? 이자는?

내 질문 마려운 표정을 간파하기라도 한 건지, 아담은 미소 지으며 내게 말했다.

"자세한 상담은 편안한 자리로 모신 후에 시작하도록 하겠습니다. 그럼 안으로 드시죠. 카르마 마켓 지점과 본점의 차이를 느끼실 수 있도록 최선을 다해 모시겠습니다."

＊　　　　＊　　　　＊

확실히 카르마 마켓 본점과 지점은 차이가 컸다. 먼저 VIP 전용 안내 데스크에 앉자마자 웰컴 드링크가 나왔다. 그 웰컴 드링크라는 게 넥타르였다. 예전에 되게 큰 맘 먹고 사서 마셨던 그, 내게 신성을 부여해 준 넥타르 말이다.

"이 넥타르로 카르마가 소진되거나 하는 일은 없으니 부디 안심하시길. 마신 분께 신성을 일정량 부여해 드릴 뿐인 식전 음료입니다."

아담은 내가 묻기도 전에 그렇게 먼저 알려주었다. 궁금증 하나가 해결된 건 좋지만 또 다른 궁금증이 솟아났다.

"식전 음료? 그렇다는 건 여기 음식도 나와요?"

내 질문에 아담이 미안한 듯 웃으며 대답해주었다.

"고객님께 드리기에 안타까운 말씀이나 제대로 된 요리는 유료입니다. 무료로 제공되는 것은 차 과자 조금과 음료뿐입니다."

상술이다! …라고 말하고 싶었지만 기본 제공되는 음료란 게 넥타르였고, 마시고 싶은 만큼 리필해서 마실 수 있었다. 그리고 차 과자도 5성 요리였고.

지금이야 내가 [이진혁의 불]에 식재료를 던져 넣기만 해도 5성 요리가 뿅뿅 나오니 고마운 마음이 덜하지만, 몇 년 전만 해도 5성 요리 한 번 먹으려면 인류연맹에서 큰 공을 세워야 했다. 그런데 이게 무료라니, 이 정도면 꽤나 대접을 해준다고 봐야 했다.

마음 같아선 넥타르를 호스로 뽑아다 입에 연결해서 무제한으로 퍼먹고 싶었지만, 리필을 부탁할 때마다 제우스가 잰걸음으로 새 잔을 가져오는 데다 상대가 VIP 취급을 해주는

데 내가 경망 없이 행동하기도 좀 그랬다.

그래도 계속 신성을 준다면 체면 따위 벗어던졌겠지만 넥타르가 신성을 주는 건 처음 마셨을 때 한정이었기 때문에 별 의미도 없었다.

무료로 주는 차 과자가 5성이라면 파는 요리도 5성이겠지? 라고 생각해서 메뉴를 보여달라고 했더니 진짜로 5성이었다. 5성 요리를 파는 게 굉장히 자랑스러운지, 5성 메뉴라고 메뉴마다 황금색 별 다섯 개가 장식되어 있었다.

가격도 2~3 카르마 내외로, 꽤나 리즈너블했다. 5성 요리는 다다익선인지라 다 달라고 했더니, 아담이 이렇게 말했다.

"상관은 없습니다만, 카르마 마켓의 요리는 다른 아이템들과 비슷하게 마켓 내부에서 소비하셔야 합니다."

그러고 보니 그랬다. 카르마 마켓에서 외부 불출이 가능한 아이템은 [1UP 코인] 정도였던가. 이것도 [1UP 코인]이 입장권을 겸해서 그런 거고.

"아, 그 부분은 안 바뀌었군요."

"정말 죄송합니다."

뭐, 주문한 요리는 취소하지 않고 그 자리에서 다 먹었지만 말이다.

만약 [한계돌파] 특성이 적용되지 않았더라면 다 남겼어야 됐을 테지만, 그나마 특성은 무효화되지 않아서 다행이라고 해야 하려나?

스킬을 사용할 수 없는 카르마 마켓 내부인지라 [이진혁의 불]을 쓸 수 없어서 아담이나 제우스에게 요리를 무상으로 나눠줄 수는 없었던 건 좀 아쉬웠다.

그래서 내 카르마를 들여 사주려고 했더니 거절당했다.

"점주나 점원에게 먹을 걸 주시면 안 됩니다."

무슨 동물원도 아니고 말이야.

그건 그렇고 제우스가 정말 열심히 서빙했다. 내가 요리를 사줄 마음이 들 정도로 말이다. 그야 그렇다. 100인분 정도 되는 요리를 서빙했으니.

혹시나 내가 제우스를 점원으로 고른 게 민폐일려나 생각했더니, 제우스는 그렇지 않다고 곧장 대답했다. 하긴 고용인 입장에서는 그렇게 말할 수밖에 없겠지. 그럼 팁이라도 줄까, 했더니 그것도 제지를 먹었다.

"괜찮습니다. 팁은 이미 받고 있는 거나 마찬가지니까요."

아무래도 내게 서비스를 제공하는 걸로 뭔가 이득을 얻고 있는 것 같았다. 더욱이 이게 민폐라면 조금 전의 융단 옆에 도열해 있던 점원들의 눈빛이 설명이 안 된다. 뭐, 그건 그렇겠지.

"자, 그럼. 이게 전부는 아니겠죠?"

100인분의 요리를 디저트까지 해치우고, 나는 아담에게 물었다. 아담은 예의 그 부드러운 미소를 지으며 대답했다.

"물론 아닙니다."

아담이 눈짓으로 지시하자, 제우스가 카탈로그를 가져왔다.

"먼저 본 마켓의 최고 인기 상품인 [1UP 코인]에 대해 말씀드리지 않을 수 없군요. 보통 지점에서는 3개 이상을 취급하지 않습니다만, 본점에서는 원하시는 대로 구입하실 수 있습니다. 하지만 크게 추천드리는 상품인 것은 아닙니다."

아담은 적절히 이야기를 한 번 끊어 흥미를 끌어 올렸다. 그리고 내가 답을 종용하기 전에 입을 열어 그 답을 말해주었다.

"왜냐하면 본점에는 본점 한정 상품이 있기 때문이지요. 물론 본점에 방문해 주신 고객님은 고객님께서 최초신지라 인기 상품이라고는 빈말로도 말씀드리지 못합니다만, 보시면 마음에 드실 만한 상품이라 생각하고 있습니다."

거기까지 말하고서야, 아담은 카탈로그를 열어 그 한정 상품이라는 것을 보여주었다.

＊　　　　＊　　　　＊

[999UP 코인]: 인벤토리에 존재하는 이상, 죽어도 되살아난다. 999회까지 사용 가능.

"그것이 이것입니다."

그냥 [1UP 코인]의 999회 버전이잖아? 라고 생각하기 쉽지만 이 코인에는 특별한 장점이 있었다. 그것은 바로 가격이었다. [1UP 코인]이 100카르마인데 비해, [999UP 코인]의 가격은 999카르마에 불과했으니까.

99% 세일이라니! 어맛, 이건 사야 해!

"줘요."

"감사합니다."

나는 코인을 받아 챙기고 눈치를 보다 아담에게 넌지시 물어봤다.

"어차피 구매 제한 걸려 있겠죠? 몇 개나 살 수 있어요?"

"별말씀을. 무제한적으로 구매 가능합니다."

"…하나면 충분할 것 같네요."

예전같이 픽픽 쓰러져 죽는 게 일이었던 시절이었다면 되는 만큼 샀겠지만, 요즘 들어선 가장 최근에 죽은 게 언제인지 잘 생각이 안 날 정도였다. 하나면 족하겠지. 누굴 줄 수 있으면 이야기가 달라지겠지만 [999UP 코인]도 [1UP 코인]과 마찬가지로 거래 불가가 걸려 있었다.

"그럼 다음 상품을 안내해 드리겠습니다."

아담은 딱히 강매할 생각은 없는지 순순히 카탈로그의 다음 장을 넘겼다.

"본점 한정으로 취급하는 [선물용 1UP 코인]입니다."

뭐야, 여긴 코인밖에 안 파나? 라고 태클을 걸기엔 다소 신경 쓰이는 접두어가 붙어 있었다. 선물용? 설마……. 내 표정을 본 아담이 싱긋 웃어 보였다.

"생각하시는 게 맞습니다. 소중한 분께 선물하실 수 있도록 선물용 포장이 된 [1UP 코인]입니다."

기존의 [1UP 코인]은 거래 불가의 획득 귀속템이라 누구한테 나눠 주겠다는 생각을 못 했는데, 본점에서 이런 게 나올 줄이야!

"비록 한 사람 앞에 하나밖에 선물하지 못하고, 선물 받으시는 분이 네거티브 카르마 상태라면 효력을 잃는 조건이 붙어 있긴 하지만 카르마 마켓에서 살 수 있는 물건 중에서 이만한 선물을 찾기가 드물죠."

아니, 그야 대외 불출인 물건들투성이니 그렇지.

"대신 선물 포장 비용이 발생하는 탓에 가격이 조금 합리적이지 못하다는 단점이 있습니다만, 본점에까지 당도하신 고객님께 그렇게까지 큰 부담은 아닐 거라 사료됩니다."

그렇게 말하며 보여준 가격표는 1,000카르마. 보통 [1UP 코인]의 10배인 데다, [999UP 코인]보다도 비싸다. 배보다 배꼽이 큰 가격이지만, 더 싸게 사자고 애들 데려다 범죄자를 죽이러 다니라고 할 수도 없는 노릇이니 말이다.

마음 같아선 적당히 100개쯤 사 들고 가고 싶지만 그래 버리면 바로 10만 카르마. 이제 카탈로그 2장째 보고 있는데 가볍게 지르기엔 살짝 부담되기는 하다.

"일단 다음 보죠."

내 걸 다 사고 남는 돈으로 선물을 사야지. 선물로 돈을 다 써버리고 자기 걸 못 사면 나중에 후회한다. 경험담이다.

*   *   *

본점은 역시 본점인지 상품의 베리에이션이 장난 아니었다. 내가 이제 코인은 됐다고 말할 때까지 코인류를 주르르르륵 보여줄 정도였으니 말이다.

코인 지옥이 끝나고 나자 이제는 씨앗 지옥이 시작되었다. 타인을 되살리는 [백년백련의 씨앗]의 상위 버전인 [천년백련의 씨앗]부터 시작해서 줄줄이 베리에이션이 나왔다.

"아니, 저 시간 없는데요. 조금 있으면 카르마 날아갈 거 같은데."

"걱정하지 마십시오, 고객님. 그럴 일은 없습니다."

내 항의에 아담은 가볍게 고개를 저으며 말했다. 설명을 요구하듯 바라보자, 아담은 더 시간을 끌지 않고 바로 대답을 들려주었다.

"지점과 달리 본점에서는 시간이 멈춰진 상태에서 서비스가 제공되고 있으니까요. 설령 여기서 한 달간 숙박을 하셔도 바깥에서는 다른 이들이 고객님께서 카르마 마켓에 다녀온 것도 인지하지 못할 겁니다."

그러고 보니 숙박 서비스에 대해서 말씀드리지 못했군요, 하며 아담은 무료 숙박 서비스가 일주일까지 제공됨을 알려주었다.

아니, 자고 가는 걸 깔고 가는 거야? 내가 어이없어 하며 아담을 봤더니, 아담은 내 생각을 아는지 모르는지 매력적으로 윙크하며 이렇게 말했다.

"이제 느긋하게 상품 설명을 드려도 되겠군요."

이 아저씨, 분명 즐기고 있다. 점주로서의 자기 일을, 그러니까 상품 설명을 즐기고 있음에 틀림이 없다.

"그래요, 뭐. 그럼 계속 듣죠."

아담의 표정이 확 펴졌다. 얼굴에 윤기가 확 도는 듯했다.

"아, 이야기가 나와서 드리는 말씀입니다만. 본점의 숙박 플랜 중에는 프리미엄 룸도 있습니다. 물론 프리미엄인 만큼 소정의 금액을 받고 있습니다만 그 정도 가치는 있습니다. 여기 카탈로그가 있으니 보시죠. 무료 숙박 중에도 받으실 수 있는 유료 서비스도 추천드릴 만한데, 특히 안마 서비스가 일품이니 꼭 한번 경험해 보셨으면 합니다."

첫인상으론 안 그랬는데, 아담이 점점 카자크와 비슷하게 느껴지기 시작했다.

*   *   *

나는 후회했다.

"그냥 처음부터 추천 상품 위주로 알려달라고 할걸……"

보통 쇼핑몰 등에서 제일 피해야 할 게 추천 상품이라고 하던데, 적어도 카르마 마켓에서는 들어맞지 않는 격언이었다.

수많은 베리에이션 상품 중에 카탈로그의 추천 마크가 커다랗게 붙은 물건을 사면 보통 그게 가장 괜찮은 게 맞았다. 아담의 긴 상품 설명을 다 듣고 나 혼자 끙끙대며 고심해 봐야 결론은 늘 같았다.

기왕 이렇게 된 거 카르마 다 쓰고 가자는 생각으로 작심하고 카탈로그를 들여다봤는데, 그래서 결국 내가 산 물건들은 추천 상품들뿐이었다.

맨 처음 산 [999UP 코인]을 비롯해서, [선물용 1UP 코인]도 몇 개 샀고, 다 써버린 [백년백련의 씨앗]도 몇 개 보충했다. [백년백련의 씨앗] 광역 부활 판인 [천년흑백련의 씨앗]도 샀고……

특이하게 [시대정신의 씨앗]이나 [시대정신의 나무 묘목] 같은 것도 팔고 있었지만 이건 스킵했다. [세계 혁명가]가 아니더라도 사다가 쓸 수 있는 거였나, 이거…….

하지만 혁명력을 벌어봐야 [세계를 혁명하는 힘] 스킬이 없으면 의미가 없지. 그냥 순수하게 혁명을 일으키는 용도인 것 같았다.

다른 것도 많았지만 아담이 이미 말했듯 카르마 마켓 외부로의 반출이 허용되는 아이템은 적었고, 그것 때문에 아쉽게 포기해야 하는 아이템도 많았다. 술 종류가 특히 그랬다. 아무리 [이진혁의 불]이 있다곤 해도 좋은 술은 아무리 쌓아놔도 부족하니까.

마지막으로 남은 카르마를 싹싹 긁어먹을 [혁명의 열매 넥타르]. 이건 전에 먹었던 [황금사과 넥타르]보다 좋은 거다. 잔여 카르마를 소모하는 만큼 신성과 영혼의 격을 높여줄 뿐아니라, 혁명력까지 얻게 해주니까.

사실 다른 베리에이션도 있었다. 아니, 많았다. 내력을 같이 올려주거나 음양기를 올려주거나 마력을 올려주거나 하는. 이중에서 선택하라면 나한테는 당연히 혁명력이 가장 좋았으니 선택의 여지는 없는 거나 다름없었다.

그렇게 해서 거의 일주일에 걸친 카르마 마켓 쇼핑이 끝났다. 그냥 추천 상품만 소개받았으면 하루는커녕 반나절이나 걸렸을까 싶은데, 아득바득 카탈로그의 모든 상품들을 전부 다 소개받다 보니 이렇게 걸린 거다.

이렇다 보니 당연히 숙박 서비스도 이용해야 했다. 뭐, 내 능력치면 일주일 정도 밤샘한다고 지치진 않지만 설명 듣다 듣다 지쳐서 안 끊어갈 수가 없었다.

아, 그래도 아담이 추천해 준 안마 서비스는 진짜 좋았다. 만약 내가 2차 전직 정도 뚫은 상태인 초보 플레이어였다면 기연이라고 여길 만한 서비스였으니 말이다.

전신진기를 끌어 올려 아직 환골탈태를 거치지 않았다면 환골탈태까지 시켜주는 효능이 있다고 하던데, 이미 뚫을 거 다 뚫은 내 수준에선 그냥 내공 능력치를 조금 많이 올려주고 전신을 시원하게 해주는 안마에 그쳤다.

뭐, 다음에는 이렇게 오래 걸릴 일 없을 테니 다행이라고 위안 삼자. 카탈로그 내용도 외워놨고 또 오면 뭘 사야 할지도 대강 감이 잡혔으니 말이다.

"자, 그럼 이걸로 쇼핑을 마치신 거죠?"

아담이 내게 말했다. 그 목소리와 표정에 아쉬움이 가득 묻어나는 걸 보니 좀 소름이 돋았다. 그렇게 설명해 주고도 그것도 모자라다고 느낀 거려나.

"네."

하지만 나는 애써 미소 지으며 딱 잘라 끊었다.

"그럼 넥타르가 효과를 완전히 마친 후에 오신 곳으로 되돌려 드리겠습니다. [VIP 입장권]으로 원할 때 언제든 본점에 다시 오실 수 있음을 잊지 마시고, 다시 뵐 수 있는 그날을 기다리겠습니다."

아담이 그렇게 허리를 숙여 인사하자, 옆에 서 있던 제우스도 자연스럽게 같이 허리를 숙였다.

"고마워요, 아담. 제우스도 고생 많았어요."

그리고 나는 넥타르를 마셨다.

＊　　　＊　　　＊

"와아아아아아아아!!"

나는 내 신도, 내 백성들이 환호성을 지르는 현장으로 되돌아왔다.

아, 그렇지. 카르마 마켓 본점에서 일주일이나 시간을 보내는 바람에 깜박했지만, 실제 시간은 하나도 흐르지 않는다고 했었지. 아담이 첫날 말해줬었다.

그러니 이 사람들이 일주일 동안 계속 소리를 지르고 있었던 건 아니다. 오히려 기세를 타서 환호성의 음량이 한층 더 높아지기 시작했다. 그리고 그 환호성이 향하는 곳은, 아니, 사람은 바로 나다. 그것도 단순한 환호가 아니라 실질적인 신앙이 담긴 경배로써 말이다.

"내가 이겼다!!"

나는 내가 당연히 해야 할 일을 했다. 그런데 그 행동의 결과는 내가 예상했던 것보다 훨씬 큰 변화를 이끌어내었다.

존재의 격이 오르고 신성이 내 몸을 재조립하는 것은 이미한 번 겪어본 바 있었다. 잡신에서 하급 신으로 올라올 때 말이다.

겪어본 바 있었기에 나는 더욱 놀랐다.

아니, 이렇게 빨리?

그렇다. 나는 중급 신에 오르는 과정을 거치고 있는 거였다.

놀라긴 했지만 의외의 일은 아닌 것이, 카르마 마켓을 나설때 나는 이미 [혁명의 열매 넥타르]를 마셨다. 그 덕에 내 신성과 영혼의 격은 이미 높아져 있었다.

그럼에도 불구하고 다음 단계로 나아가는 마지막 한 계단을 오르게 해준 것이 내 신도들의 환호성이라는 건 내게 있어서 특별한 의미로 다가올 수밖에 없었다.

신성이 발하는 빛이 걷히고, 모든 변화가 완료되자 나는 상태창을 열어보았다.

신격: 중급 신.

상태창이 나의 변화를 인증해 주었다. 스스로 이미 중급 신이 되었다고 여겼으나, 객관적인 기준을 얻는 건 다른 문제다.

상태창을 닫고 나는 내 몸의 상태를 점검했다. 비록 막 불멸자가 되었을 때처럼 파격적인 변화를 느낀 것은 아니었으나, 조금 더 완전한 존재가 되었음을 스스로 느낄 수 있었다.

잡신 때는 피조물의 육신에 불멸자의 영혼을 지닌 거였고, 하급 신 때는 불멸자의 육신마저 손에 넣었다면, 중급 신에 이르러선 불멸자의 육신이 조금 더 나의 것이 되었다는 느낌이다.

무슨 의미냐면, 하급 신에게 있어서 신도들의 신앙은 일용할 양식이자 없어지면 죽을지도 모르겠단 생각이 들 정도의 생필품이었지만 중급 신이 되고 보니 조금 달라졌다.

그렇다고 기호품까지 떨어져 내린 것은 아니지만, 항상 매일 먹어야 하는 것이란 느낌은 아니다.

말하자면⋯ 고기? 같은 느낌이라고 해야 하나? 조금 다른가?

나의 존재감이 보다 거대해진 것을 내 신도들도 느낀 건지 환호성이 더 커졌다. 나는 그 환호성을 기쁘게 받아들였다.

어찌 됐든 내게 신앙은 여전히 필요하고 필수적이다.

그리고 달콤하다.

"내가 너희의 왕이니 찬양하라!!"

내 외침이 만방에 울려 퍼졌고, 내 신도들의 환호성 또한 울려 퍼졌다.

좋은 날이다.

*   *   *

적들과의 전투 그 자체는 시시했으나, 승전의 기쁨은 온전히 남아 있었다.

요선들을 처치하고 전리품으로 막대한 포지티브 카르마를 일단 챙기긴 했지만, 이건 빙산의 일각에 지나지 않는다. 그 카르마를 [넥타르]로 정산받아 중급 신에 오른 것도 오른 거지만, 막대한 혁명력을 챙긴 것도 짚고 넘어가지 않을 수 없다.

혁명력: 999+

보라, 실로 막대하지 않은가. 너무 막대해서 표시 한계를 넘겨 버렸다. [한계돌파]했다.

"…혁명력은 은근히 표시 한계가 낮네."

고작 999에서 막힐 줄이야. 하긴 보통 방법으로 혁명력을 1,000 넘기기가 쉬운 일은 아니지.

이번 일은 확실히 이례적이었다. 수백에 가까운 요선들을 한꺼번에 태워 버릴 일이 어디 자주 있을 일이겠는가? 게다가 그 요선들이 또 거의 대부분 네거티브 카르마를 잔뜩 쌓은 범죄자일 경우의 수는 확실히 희박할 터였다.

물론 요선들만이 내게 짭짤한 신성과 혁명력 수입을 챙겨다 준 것은 아니다.

궤도권의 나는 사로잡은 잡신들로부터 열심히 신성을 착취하는 임무에 전념 중이었다. 빨아낼 게 어디 신성뿐이겠는가? 레벨, 능력치, 스킬, 특성! 빨아내고자 하면 그 끝이 보이질 않는다.

다만 이들을 상대로 브뤼스만처럼 바닥까지 박박 긁어내진 않을 생각이다.

이들은 전쟁포로로서 잡아두고 만신전에 값을 톡톡히 치르게 할 셈이다. 그런 포로들을 다 레벨 1의 푸딩들로 만들어 버리면? 내 악명이 온 우주를 휩쓸겠지.

그것도 그것 나름대로 재미는 있겠지만 아무리 그래도 파멸로 가는 직통 고속 열차의 탑승권을 끊을 생각은 아직 없다. 아니, 앞으로도 없을 예정이다.

뭐, 바닥까지 긁어낼 상대는 따로 있다. 이미 한 줌 재가 되어버린 요선들이 그 대상이다. 이걸 시체라 부를 수 있는지는 의문이지만 일단 스킬 대상에는 포함되니까. 착취할 수 있다. 해내고야 말겠다!

그리고 사실 요선들을 상대로 더 긁어낼 방법도 있고 말이다. 나는 인벤토리 안에 든 [천년흑백련의 씨앗]을 만지작거리며 빙그레 웃었다.

그래, 내가 내 흑심을 숨길 이유가 없다. 일단 시체 상태인 요선들을 상대로 긁어낼 건 다 긁어낸 후에, [천년흑백련의 씨앗]으로 되살려 다시 한번 긁어낼 생각이었다.

[천년흑백련의 씨앗]은 비싸고 되살린 요선들을 또 죽여봤자 얻을 수 있는 카르마는 50%에 불과하지만 이들이 그간 쌓아온 네거티브 카르마가 워낙 막대해 그래도 이득이었다. 물론 두 번은 못 써먹을 방법이지만 말이다.

나는 [폭군의 대역]으로 생성해 낸 [또 하나의 나]들을 유지한 채 전리품을 챙기는 업무를 계속하고 있었다. 지금도 신성은 쭉쭉 쌓이고 있었기 때문에 별 부담은 안 된다.

더욱이 중급 신으로 신격이 상승하면서, 신성이 조금만 떨어져도 허기 비슷한 것을 느끼는 현상은 줄어들었다. 아니, 이 정도면 없어졌다고 해도 될 정도다. 이뿐만 아니라 신성을 다루는 효율도 올라가 쓸 때는 더 적게 쓰고 신앙이 신성으로 치환되는 비율도 올라가 더 잘 모인다.

즉, [폭군의 대역]을 그냥 쓴 상태로 지내는 것에 큰 불편이 없다는 의미다.

지금 당장도 궤도권의 나와 지상의 내가 동시에 움직이고 있다. 거리가 멀어져 신성 소모가 더 커졌음에도 충분히 감당할 만했다. 이건 쓰는 것보다 더 많은 양의 신성을 착취하는 덕도 있었으나, 절대치로 따져도 별로 큰 부담이 아니었다.

"상당히 좋네, 중급 신. 더 안 좋은 건 줄 알았는데."

내가 직접 중급 신의 격에 오르기 전까지는 중급 신이 개털인 줄 알았다.

이런 인식을 가졌던 것도 무리는 아니다. 당장 [푸른 유성] 격납고에 그 중급 신을 제압해 가둬놨다. 그것도 내가 아직 하급 신일 때 큰 무리 없이 이길 수 있었던 상대였다. 큰 무리랄까, 한 방 감이었다. 시간 멈추고 0.1초 만에 제압했으니 말이다.

상황이 이렇다 보니 나는 중급 신에 대해 그 어떤 환상도 품을 수 없게 되어버리고 말았다. 환상이 깨지다 못해 폄하하고 있던 상태였다.

그래도 그렇게까지 폄하할 정도는 아니라는 걸 내가 중급 신이 된 뒤에나 새삼 깨달았다.

"그냥 신격만 죽어라고 올리면 저렇게 되는 건가."

역시 균형이 중요하다. 레벨도 올리고 [한계돌파]도 하고 그래야지, 사람이. 사람 아니지만. [한계돌파]는 내 고유 특성이지만.

와하하!

"음? 그러고 보니 별동대로 온다던 상급 신은 어떻게 된 거지?"

한참 웃다가 문득 생각이 났다.

잭 제이콥스의 정보에 의하면 만신전의 병력은 내가 제압한 놈들로 끝이 아니다. 상급 신 하나가 더 파견되었을 텐데, 놈의 모습은 보이지 않고 존재감조차 드러내지 않은 상태다.

"아니, 지금 착취나 하고 있을 상황이 아니었잖아?"

나는 궤도상에 아직 남아 있는 [또 하나의 나]들을 움직여 주변을 수색했다. 그러나 상급 신으로 보이는 적의 존재감은 캐치해 내지 못했다.

"혼자 도망간 건가?"

상급 신이? 떠올리기 힘든 경우의 수다. 그러나 아주 배제만 해야 할 가설인 것은 아니다. 누가 말했지 않은가? 불가능한 다른 가설을 모조리 제거하고 남은 가능한 가설이 하나뿐이라면, 아무리 그게 이치에 닿지 않아 보여도 그게 참이라고 말이다.

문제는 그게 내게 지나치게 유리하기에, 강제적으로라도 없는 취급해야 할 가설이라는 점뿐이었다. 내가 두려워서 도망갔군, 와하하! 하고 넘어가는 건 너무 없어 보이는 선택지다.

"아, 못 찾겠다."

그러나 특별히 몸을 숨길 만한 엄폐물도 없는 우주 공간에서 이렇게까지 흔적조차 찾아내기 힘들다는 건, 애초에 그 상급 신이 그랑란트의 궤도권에 온 적도 없는 게 아닐까 하는 가능성에 대해서도 생각해 봐야 할 것 같았다.

혹시 천계의 요선들과 마찬가지로 공간 도약을 통해 바로 대기권 내에 진입했을 가능성에 대해서도 떠올린 나는 지상의 [또 하나의 나]들을 움직여 수색에 나섰지만 역시 특별한 흔적을 발견할 수 없었다.

"그 상급 신의 이름은… 에르메스… 입니다."

수색만으로는 답이 나오지 않을 것 같아서, 나는 제압해 둔 중급 신을 깨워 지배한 다음 정보를 털어놓게 만들었다.

"에르메스는… 우리와 완전히 별개로… 움직였습니다. 아무 정보도… 전달받지 못했습니다."

그러나 성과는 없었다. 잭 제이콥스의 정보대로 별동대로 움직였다는 사실만 확인했을 뿐, 그 에르메스란 상급 신이 어디서 뭘 하는지는 중급 신도 모르고 있었다.

"차라리 배신하고 도망쳤다는 가설이 제일 설득력 있군."

내가 혀를 차며 혼잣말로 그런 말을 했더니, 중급 신이 그에 반응해 이렇게 말했다.

"에르메스는… 왕의 대전에서… 왕에게 치욕을 당한 적이, 있다고 들었습니다……."

"오, 그래? 배신할 만한 사유는 있었다는 거군. 그런 놈을 왜 별동대로 보냈지?"

"스스로 나서서… 자신의 오명을 씻겠다……. 그리 들었습… 니다."

그런가. 그러면 앞뒤는 맞는다. 너무 잘 맞아서 탈이지. 삼국
지 같은 데서 자주 나오는 계책인 거짓 항복이 바로 생각날 정
도로 말이다. …내가 너무 깊이 생각하는 건가? 그 상급 신이
나한테 항복해 온 것도 아니고, 그저 모습을 감췄을 뿐인데.

"에이, 모르겠다."

이래서야 그냥 당분간 수색 정찰 철저히 하고 뒤통수 맞지
않게 주의하는 수밖에 없겠다 싶다.

"쳇."

이번 침략은 피해 없이 잘 막았고 별로 힘들여 막은 것도
아니다. 오히려 얻은 게 많다. 막대한 신성과 혁명력, 그리고
격의 상승. 그에 비하면 경험치는 덤으로 느껴지는 정도지만
플러스면 플러스지 마이너스는 아니다.

그렇다고 웃으면서 넘어갈 일인 건 아니다. 내 세력이 공격
받았고 내 사람들이 위협받았다. 마음 같아선 바로 천계나 만
신전 둘 중 어디든 찍어서 불 지르러 가고 싶다.

그런데 상급 신이 모습을 감춰 버렸다. 아무 생각 없이 자
릴 비웠다가 어떻게 뒤통수를 후려 맞을지 모르는 상황이니,
원정 같은 걸 계획하기도 그렇다.

"아니, 애초에 이걸 노린 건가?"

일부러 모습을 감춤으로써 나를 방어적으로 만들고 반격을

억제하는 것이 목적이었다면 참 효과적인 전략이라고 할 수 있겠다. 알고도 당할 수밖에 없는 그런 전략.

이 전략을 깨는 방법은 정해져 있다. 나를 제외한 우리 세력이 충분히 강해져, 내가 없더라도 손실 없이 방어 전략을 수행할 수 있게 만드는 것. 이 조건을 만족시키고 나면 나도 내 마음대로 움직일 수 있게 된다.

"방향성은 정해졌군."

이제부터는 내 권속들, 천사들을 조금 더 빡세게 굴려야 할 것 같다. 나는 씨익 웃으며 그렇게 마음을 먹었다.

*   *   *

한편, 만신전의 상급 신 에르메스는 누군가를 찾아다니고 있었다.

"내 추적에서 벗어날 수 있을 거라고 생각하지 마라, 페트록."

페트록. 비록 올빼미지만, 에르메스가 유일하게 믿을 수 있다고 생각해 마음을 연 상대. 아니, 이제는 '열었던'이라 해야겠지만. 지금은 다른 쪽으로 유일하다. 신들의 목록에 대한 정보를 왕에게 팔아넘긴 용의자로서, 배신자로서 유일하니 말이다.

에르메스는 왕의 명령을 무시하면서까지 ·그 배신자의 뒤를 쫓고 있었다.

아무리 에르메스가 상급 신이고 만신전의 대귀족이라고 한들, 이는 결코 묵과될 수 없는 배신행위였다. 일방적인 침략이라고는 하나 일단은 전쟁 명령을 수행 중인 부대장이 작전지역을 이탈해 사사로운 용무에 몰두 중이니, 최고 사형까지도 감수해야 할 범죄였다.

그러나 에르메스는 아랑곳하지 않았다. 애초에 에르메스는 만신전을 빠져나오기 위한 핑계로써 그랑란트로의 원정을 받아 든 것에 불과했으니. 처음부터 이럴 셈이었다.

만신전의 왕은 물론이거니와, 마구니 동맹의 마라 파피야스 분신들조차 이 상황을 예견치는 못했을 것이다. 에르메스가 만신전의 중신 자리를 박차고 나서서까지 배신자의 뒤를 쫓을 거라고는 말이다.

손익을 기준으로 생각한다면 에르메스가 잃는 게 너무 많다. 그렇기에 손익을 먼저 생각하는 이들은 에르메스가 이러한 결정을 내릴 것이라고는 상상조차 못 했다.

그러나 에르메스는 손익을 계산하지 않았다. 그런 건 뇌의 한 구석조차 차지하지 않았다.

"나에게 왜 그랬는지 대답을 듣기 전까진 죽이지도 살려두지도 않을 테다, 페트록."

오로지 그러한 집착만이 에르메스를 움직이는 전부였다.

에르메스 본인도 왜 이렇게까지 일개 올빼미에게 집착하는지 몰랐다. 이성적으로 누군가에게 납득시킬 수 있는 설명이 가능할 정도의 논리는 애초부터 존재하지 않았다. 그저 감정만이 이 상급 신을 움직이고 있었다.

"⋯찾았다."

페트록의 위치를 다시금 특정해 낸 에르메스의 얼굴 위에 떠오른 표정은 괴로움인지 희열인지. 에르메스는 굳이 정하려 애쓰지 않았다. 그저 기계적으로 배신자가 위치한 곳을 향해 움직일 뿐. 빛보다도 빠른 속도로 움직일 수 있는 에르메스는 금세 그 위치까지 이동했다.

그러나 에르메스는 목적지에 도착은 했어도 목적을 곧장 이루지는 못했다.

"여기는⋯⋯. 설마⋯⋯!"

목적지가 어떠한 곳인지, 에르메스는 도착하고서야 알아차렸다.

"⋯⋯!"

그리고 때는 이미 늦어 있었다.

Chapter 7

　마라 파피야스의 분신들이 모여 회의하는 회합의 공간. 그
곳에 뜻하지 않은 손님이 찾아들었다. 그 뜻하지 않은 손님이
란 바로 만신전의 상급 신 에르메스였다.

　에르메스는 거미한테 사냥이라도 당한 양 꽁꽁 묶여 정신
을 잃은 상태였다.

　그 상태의 에르메스를 짊어지고 있던 마라 파피야스의 분
신이 다른 분신들에게 에르메스를 보이며 의기양양하게 선언
했다.

　"상급 신을 사로잡았다."

놈이 끌고 온 에르메스의 모습을 확인한 다른 분신들은 놀라 눈을 휘둥그레 떴다.

"상급 신인가. 꽤 큰 공을 세운 게 아닌가. 번호 좀 줄겠군."

"그냥 상급 신도 아니군. 이건 에르메스다."

"에르메스라니, 만신전의 중신이 아닌가?"

"왜 이런 누추한 곳에 귀하신 분이 방문을?"

"미끼가 괜찮았거든. 그러니 고기도 좋은 게 낚이지."

에르메스를 사로잡은 마라 파피야스의 분신이 자랑스레 말했다. 그가 말하는 미끼란 물론 페트록을 뜻한다. 그것도 진짜 페트록이 아니라 페트록의 '신호'가 그 정체였다.

진짜 페트록은 마라 파피야스의 분신에 의해 처리된 지 오래였다. 음식 재료로써 말이다. 그러나 그 혼백은 미리 빼두어 에르메스를 꼬이는 미끼로 쓰기로 했었다.

"아, 그러고 보니 그런 계획을 세운 적이 있었지."

"그래, 올빼미탕. 딱히 맛있지는 않았지, 그거."

"꽤 오래 걸렸지만, 낚시에 기다림은 그 또한 풍류지."

회의장의 분위기는 밝았다. 그도 그럴 만했다.

만신전과 천계에 걸어놓았던 공작이 족족 들어맞아 전쟁 사주에 성공한 것으로도 모자라 두 세력의 군대가 그랑란트에 거의 동시에 도착하게 만들었다. 그랑란트를 양면 전쟁에 몰아넣는 것에 성공했으니, 이제는 승전보만 기다리면 되는 상황이다.

물론 아직 패전이 여기까지 전해지지 않은 상황인지라 마라 파피야스의 분신들도 밝은 분위기를 유지할 수 있는 거긴 했지만 말이다. 모르는 게 약이라는 격언은 이럴 때도 통한다.

어쨌든 그런 상황에서 에르메스라는 대어까지 낚았으니, 분위기가 달아오르는 것도 무리는 아니었다.

"자네 혼자 잡은 건가?"

"아, 그럼. 나 마라 파피야스가 고작 상급 신 하나 못 잡아서야 말이 되나?"

"크크큭, 그렇지. 나 마라 파피야스가 힘이 약해서 막후에 있는 건 아니지."

"그럼, 그렇고말고. 나 마라 파피야스의 이상과 사상을 위해 다른 존재들을 이용할 뿐."

마라 파피야스의 분신들은 그렇게 낄낄대며 환담을 나누었다. 모두가 스스로를 마라라 생각하기에 기본적으로는 다소 험악한 분위기인 회의장에서는 확실히 보기 드문 광경이었다.

"그 상급 신, 이제 어쩔 거야?"

"살은 발라서 회 쳐 먹고 나머진 찌개 끓일까 하는데."

"그거, 비유야? 아니면 진짜로 먹을 거야?"

"아무리 나라도 상급 신을 그냥 먹겠어? 당연히 농담이지."

이런 농담까지 오갈 정도로 회의장의 분위기는 풀어져 있었다.

"적당히 간 정도는 빼서 다 같이 회 쳐 먹는 것도 괜찮을 거 같은데."

"그건 진심이지?"

"물론 사로잡은 건 자네니 자네 마음이네만."

"진심이로군. 하지만 괜찮은 제안인데."

그렇게 대답하며 에르메스를 사로잡은 마라 파피야스의 분신은 인벤토리에서 커다란 십자가를 하나 꺼내 거기다 에르메스를 칭칭 감아 매달고 회의실 중앙에 세워놓았다.

"일단은 장식품으로 쓰면서 천천히 생각해 보자고."

"이거 괜찮은데? 좋은 장식품이야."

젊고 아름다운 상급 신은 다소 어두컴컴한 회의실을 화사하게 장식하는 데 제격이었다. 높은 신격에서 자연스레 우러나오는 빛은 조명으로도 유용했고 말이다.

"그럴 일은 없을 거라 생각하지만 만약 그랑란트의 초토화 작전이 실패한다면 이 에르메스를 써먹어야 하니 바로 회 쳐 먹을 수는 없지."

"그래, 그럴 일은 없겠지만 모든 가능성에 대해서 생각을 열어두는 건 좋은 사고방식이지."

"얼른 결과가 나왔으면 좋겠어. 그래야 오래간만에 상급 신간이라도 빼 먹지."

그렇게 분신들은 여유로운 태도로 그랑란트의 전투 결과가 나오길 기다렸다.

*　　　　*　　　　*

중급 신이 되면서 상태창의 [신] 탭에도 변화가 생겼다. 그것은 바로 플레이어 신도들에게 새로운 직업을 부여할 수 있다는 점이었다.

[이진혁의 사제]
[이진혁의 성전사]

일단은 이렇게 2개였고, 이 직업을 지닌 플레이어들이 20레벨을 달성하면 상위직으로도 전직시켜 줄 수 있게 되었다.

[이진혁의 성기사]나 [이진혁의 고위 사제], [이진혁의 암흑 사제] 같은 2차 전직이나 [이진혁의 이단심문관], [이진혁의 선지자], [이진혁의 사도] 같은 3차 전직으로 말이다.

이단심문관이면 인퀴지터잖아? 한때 이 그랑란트의 황무지에서 교단의 인퀴지터들을 잡아 죽이며 레벨 업에 힘썼던 추억이 떠오른다. 기억에 약간의 왜곡이 되어 있는 것 같지만 그게 뭐 큰일이랴. 아무 문제 없다.

아무튼 내가 플레이어들을 일일이 지정해 전직시킬 필요는 없고 시스템에 등록시켜 놓으면 자동으로 전직시켜 줄 수 있게 되어 있었다.

그리고 내 성직자로 전직한 플레이어들이 경험치를 쌓고 레벨 업을 할 때마다 내게도 일정량의 신성이 돌아온다. 기브앤 테이크인 셈이다.

"안 할 이유가 없군."

나는 곧장 시스템의 기능을 활성화시켰다. 이로써 비교적 간편하게 내 신도들을 강화시켜 줄 수 있게 되었다. 물론 충분히 강해지기 위해서는 그들 개개인의 노력이 필요하겠지만 말이다.

"그러고 보니 내 신도들은 뭘 잡고 레벨 업을 하지?"

문득 이 땅에서 사냥해서 레벨 업을 할 만한 몬스터가 있을까 싶어 걱정이 되었다. 왜냐하면 그런 몬스터는 내가 거의 다 잡아버렸다고 생각했기 때문이다.

그러나 그게 헛된 걱정이었음을 나는 곧 깨달을 수 있게 되었다.

상태창의 [신] 탭에 새로이 내 사제와 성전사로 등록된 신도들이 열심히 몬스터를 잡고 레벨 업을 하는 게 통계로 보이고 있었다. 이렇게 순조롭게 레벨 업을 하는 걸 보니, 아직 그랑란트에 위협적인 몬스터들이 일소된 건 아닌 모양이었다.

하긴 그랑란트는 내 기준에서나 무해하고 안전한 세계지, 이제 막 튜토리얼을 통과한 1레벨 플레이어들 입장에선 아직 위험천만한 세계일 수 있었다.

"뭔가 시스템의 일부가 된 느낌이로군."

통계를 보고 있으려니 문득 그런 생각이 들었다. 뭐, 내가 시스템에 미치는 직접적인 영향력은 아직 없다시피 하지만, 그래도 그냥 시스템의 영향력하에서 열심히 레벨 업을 해오던 입장에서 볼 때, 기존과는 다른 입장에서 시스템을 접하게 된 것 같은 느낌이 들어 신선했다.

"흐음."

하지만 냉정하게 볼 때, 이 방법으로 신도들을 강화시키는 건 너무 오래 걸린다. 차라리 몇 명 뽑아서 [레벨 업 쿠폰] 몇 장 찢게 만드는 게 빠르고 간편하긴 할 테지. 물론 이거보다는 원래 센 애를 강화시키는 게 빠르다.

예를 들어 내 천사들 같은. 이미 [이진혁의 천사]라는 히든 직업에도 전직했으니 훨씬 더 빠르게 강력해질 텐데……

"앗."

맞다. 그 방법이 있었지.

왜 여태까지 이 일을 미뤄왔는지, 스스로도 의문스러울 정도였다. 이것보다 더 빠르고 간편한 강화 수단도 드문데 말이다.

"바로 실행해야지."

나는 미소를 지었다.

*　　　　*　　　　*

푹, 푹.

나는 삽으로 땅을 파며 생각했다.

사실 이런 식으로 일일이 삽을 쓸 이유는 없다. 그냥 [풍요로운 대지의 힘]을 쓰면 되니까. 하지만 나는 굳이 삽을 써서 내 힘으로 땅을 팠다. 성의를 보이기 위해서였다. 뭐, 거칠게 말하면 보여주기 위해서 하는 짓이기도 했다.

"자, 들어가."

작업을 완료한 후, 나는 테스카에게 말했다.

"네?"

그랬다. 나는 이제까지 테스카 앞에서 땅을 파고 있었다. 테스카는 몇 번이나 차라리 자신이 땅을 파겠다고 나섰지만 나는 듣지 않았다. 애초에 별로 오래 걸리는 것도 아니었는데, 뭐.

"못 들었어? 구덩이에 들어가라고."

나는 다시 한번 내가 판 구덩이를 가리키며 테스카에게 말했다. 물론 짜증을 내거나 화를 내지는 않았다. 미소를 지으며 다정하고 상냥한 목소리로 말했다. 그럼에도 불구하고 어째선지 테스카의 목울대가 꿀렁거렸다. 마른침이라도 삼킨 모양이다. 아니, 왜 이러지?

"그, …네."

테스카는 뭔가 말하고 싶은 듯했지만, 결국 입을 열지 않은 채 고개를 끄덕이고 내 명령에 따라 내가 판 구덩이 속에 몸을 들이밀었다.

"어때?"

"그……. 딱 맞네요."

"그렇지?"

그럴 거다. 테스카의 체구에 딱 맞게 구덩이를 파냈으니 말이다. 괴롭히려고 이런 게 아니라, 그냥 노동력을 효율적으로 쓴 결과물일 뿐이다.

테스카의 대답에 고개를 두 번 끄덕여 준 나는 담백하게 이제부터 할 일에 대해 고했다.

"이제부터 널 사흘간 생매장할 거야."

"네!?"

테스카의 눈동자가 빠른 속도로 흔들리기 시작했다.

아, 이제 기억났다. 왜 여태까지 이 방법을 뒤로 미뤄왔는지 말이다. 일반적인 상식의 눈으로 볼 때, 이 방법은 극단적으로 말하면 처형으로 보일 수도 있었다. 그, 있지 않은가. 책은 태우고 사람은 파묻으라던 진시황의 가르침 말이다. …아, 조금 틀린가? 틀릴 수도 있지.

아무튼.

"그리고 너한테 불을 지르기도 할 거야."

그러고 보니 불도 질러야 한다. 진시황 덕에 기억났다. 땡큐, 진시황.

"주, 주여."

테스카는 이제 울먹거리기 시작했다. 뭔가 큰 오해를 하고 있는 것 같지만, 오해를 풀어주기가 너무나도 귀찮았다.

내가 왜 그래야 하지?

"진짜 죽을 거 같으면 말해. 아, 입에 흙 들어가니 말은 못 하겠구나. 그럼 기도해."

나는 그대로 다시 파냈던 흙을 구덩이 속에 밀어 넣기 시작했다. 저항하려면 얼마든지 저항할 수 있는 능력을 지닌 테스카지만, 그녀는 뭔가 체념이라도 한 듯 얌전히 생매장을 받아들였다. 그녀의 눈에서 흘러나오는 눈물 탓에 흙이 조금 진흙 상태가 되었지만 상관없었다.

"야, 야. 울지 마. 진짜 누가 보면 암매장하는 줄 알겠다."

말은 그렇게 했지만, 말하고 보니 진짜 암매장하는 게 맞았다.

"아니, 미안. 울어도 돼."

나는 그렇게 말하고 테스카를 완전히 흙으로 덮어줬다.

"이쯤이면 됐군."

적당히 테스카가 들어간 무덤…… 이게 아니라. 흙무더기
를 삽으로 다져준 후 나는 스킬을 사용했다.

[풍요로운 대지의 힘]!

하고,

[이진혁의 불]!

무단 소각도 범죄였지, 아마? 하지만 [이진혁의 불]은 보통
불이 아니니 괜찮다. 나는 테스카를 요리하지 않도록 주의하
며, 생명 속성의 마력을 조금씩 공급하면서 불을 흙 속에 넣
었다. 이 불은 흙 속에서도 잘 탄다. 스킬이니까.

"음? 오!"

3분 후, 나는 감탄성을 내질렀다. 아무래도 테스카를 사흘
동안이나 파묻어두고 있을 필요는 없었던 것 같다. 사흘이나
필요했던 건 나 정도 됐으니까 그랬던 거려나. 귀중한 데이터
를 얻었다.

[수확의 신]!

나는 파묻었던 테스카를 스킬로 파냈다.

"헉, 허억……! 주, 주여!!"

아직 필멸자인지라 호흡을 필요로 했던 건지, 테스카는 거칠게 숨을 몰아쉬며 나를 불렀다. 그런데 그 목소리가 묘하게 굵었다. 목소리뿐만이 아니다. 테스카의 몸에는, 아니, 존재 그 자체에 큰 변혁이 일어나 있었다.

"어?"

테스카는 남자가 되어 있었다.

＊   ＊   ＊

"너 왜 남자 됐냐?"

"…지금 그게 중요한 게 아닌데요?"

테스카가 걸걸한 목소리로 대답했다. 그녀, 이제는 그 입장에서는 그렇게 여길 만도 하다. 존재 앞에 [기적적인 축복받은이]이 붙었으니까. 존재 그 자체가 업그레이드되어 모든 능력치가 상승하고 영혼의 격까지 올라 이전과는 세상을 보는 눈이 달라졌을 것이다.

하지만 내가 말하고자 하는 건 그게 아니었다.

"아니, 그 큰 변화들은 내가 의도한 거니까 별로 안 신기한데. 왜 남자 됐냐?"

다른 건 다 내가 의도했어도 성별 변화만큼은 내가 의도한 바가 아니었다. 그래서 물어보니, 테스카는 목덜미를 긁으며 헤헤 웃었다.

"그냥 제가 남자 모습으로 나오고 싶어서요."

연출이었냐. 깜짝이야.

"혹시 이상한 부작용 있나 싶어서 깜짝 놀랐잖아. 이거 다른 사람한테 써보는 건 네가 처음인데."

"저, 실험 대상이었던 건가요?"

"그래서? 불만이야?"

"아뇨, 대만족입니다."

어쨌든 다른 부작용이 있을지 모르니, 나는 테스카의 상태를 세세하게 체크했다. 그냥 스킬로 쭉 스캔해 보는 게 전부긴 했지만 말이다.

"음, 좋아. 잘됐군. 세졌어. 이걸로 이제 고작 요선 몇 마리를 상대로 고전하는 일은 없을 거야."

"그렇죠?"

"그래. 이제 넌 됐으니 케이 불러와."

그런데 테스카의 반응이 조금 이상했다. 우물쭈물하더니

어려운 듯 내게 입을 열어선 이런 소릴 하는 게 아닌가?

"저, 하룻밤만 늦게 데려오면 안 됩니까?"

"응? 아니, 왜?"

"이렇게 세졌는데 하룻밤만이라도 제가 리드해 보려고요."

"뭘? 아."

난 테스카가 무슨 소릴 하려는 건지 뒤늦게 알았다. 그래서 나는 싱긋 웃으며 재차 지시했다.

"케이 데려와."

"신께서는 사람의 마음을 모르십니다!"

테스카가 울분을 토했다. …그렇게까지?

"네가 무슨 사람이야. …쯧. 알았어, 그럼 하룻밤만 주지."

"감사합니다! 감사합니다, 주여!!"

테스카의 낯빛이 확 밝아졌다. 그렇게 좋으냐.

"죽이면 안 된다?"

"제가 마누라를 왜 죽입니까? 아, 물론 다른 의미로는 죽일 겁니다만."

나는 살짝 후회했지만, 지금 와서 돌이킬 생각은 없었다.

"알았으니까 비토리아나 불러와."

"알겠습니다, 헤헤."

테스카는 내 마음이 바뀔까 싶은지 얼른 뛰어갔다.

나는 그런 그의 뒷모습을 안쓰럽게 바라보았다.

"그렇구나, 테스카. 너 잡혀 살았구나."

별로 알고 싶지는 않은 비사였다.

*　　　*　　　*

그렇게 나는 네 명의 천사 모두를 생매장했다. …이렇게 표현하니 어감이 별로 안 좋은데……. 그래, 기적적인 축복을 내렸다.

테스카 때문에 케이는 하루 텀을 두긴 했지만, 어차피 그럴 필요가 있었다. 그래도 악마 여왕 출신이라 그런지 비토리야나가 만 하루나 버텼기 때문이다.

그리고 이번에 알게 된 건데, 오래 묻어놓을수록 축복의 효과가 커진다. 더 큰 폭으로 강화된다는 의미다. 물론 이 시간을 정하는 건 나도 아니고 생매장당하는 애들의 의지도 아니다. 본인의 그릇에 축복과 기적을 얼마나 더 많이 담을 수 있느냐는 그릇 크기에 달렸다.

따라서 이번 생매장……. 축복의 수혜를 가장 크게 받은 게 비토리야나였다.

"가능하다면 한 번 더 받고 싶을 정도입니다, 주여!"

그건 나도 마찬가지다. 그리고 안타깝게도 그건 불가능한 일이다.

이미 조리된 피자에 튀김옷을 입혀 다시 한번 튀길 수는 있어도, 그 피자 튀김이 막 구워냈던 당시의 피자보다 맛있지 않은 것과 같다. 말하자면 이들은 이미 맛있어진 상태다.

나도 그렇고 말이다.

"뭔가 다른 방법을 생각해 내지 않는 이상…… 흐음. 뭔가 다른 방법?"

그러고 보니 이번에도 꽤 많은 스킬 포인트를 손에 넣었다.

물론 이번에 거친 레벨 업의 폭이 그리 크진 않았기에 내가 직접 번 스킬 포인트는 생각보다 적었지만, 내게 사로잡혀 있는 잡신들이 약간씩의 보탬을 주었다. 십시일반. 좋은 단어다.

그 과정에서 약간의 강제성은 있었지만 아무도 항의하진 않았으니 아무런 문제가 없다. 항의하지 않은 건 이제 와서 다시 말할 것도 없이 내게 걸린 지배의 영향이지만 뭐 어떤가.

억울하면 쳐들어오질 말던가!

좌우지간 근시일 내에 새로운 스킬 합성을 구상해 봐야 할 것 같다. 융합이든 승화든 초월이든 뭐든 말이다.

그런데 그 전에 해야 할 일이 있었다.

"두프르프! 후루호이!"

두프르프는 드워프고 후루호이는 코볼트다. 이 둘은 내 전함을 개조해 준 전력이 있다. [푸른 유성]이 이들 작품이다. 이번 전쟁에서 잘 써먹었지. 이들에게 개조를 맡겼던 전함은 1척 뿐이라, 나머지 2척도 이들 손에 맡길 생각이다.

내 호출을 받은 후루호이가 쪼르르 오는 건 꽤 귀여웠다. 두프르프는 별로 귀엽지 않았지만, 종족적 특성상 어쩔 수 없는 노릇이다.

"저, 주여. 똑같이 개조하는 것도 좋습니다만, 허락해 주신다면 더 좋게 개조할 수 있습니다."

내 할 말을 전달하고 나니, 후루호이가 예쁜 말을 했다. 물론 [푸른 유성]도 마음에 들지만, 이것보다도 강력한 전함이 완성된다면 나는 매우 기쁠 것이다. 이미 [푸른 유성]이라는 성공 사례가 있기에 나는 시원스레 허락했다.

"그런데 어떻게 개조할 건데?"

"이번에 주께서 한 척의 전함을 13척으로 불리는 기적을 목도하고 나서 번뜩 떠오른 아이디어가 있습니다. 이것은 분명히 주의 축복입니다, 주여!"

나는 그런 축복을 내린 적이 없다만 후루호이가 그렇게 생각한다는데 굳이 아니라 할 필요는 없어 보였다.

"그래서 어떻게 개조할 건데?"

"13척의 전함을 합체시켜 보이겠나이다!!"

그 순간, 나는 벼락을 맞은 듯했다.

그래, 맞다. 변신 다음은 합체지. 아니, 합체가 먼저였던가?

아무렴 어떤가. 순서가 조금 틀려져도 상관없다.

"허락하마!"

나는 희열에 차 고개를 끄덕였다.

"황공하옵니다, 주여! 낑낑낑!!"

후루호이가 내게 배를 까 보였기에, 나는 그 북슬북슬한 배를 마구 쓰다듬어 주었다.

옆에서 두프르프가 이 광경을 부러운 듯 바라보다 배를 깔지 말지 상의를 붙잡은 채 고민하고 있기에 곧 그만두었지만 말이다.

*　　　　　*　　　　　*

전함 개조도 맡겼으니 이제 집무실에 틀어박혀서 스킬 합성을 고민해야 될 타이밍이 왔다.

그래서 이번에 스킬 합성에 쓸 주재료 스킬은… [이진혁의 불]이었다. 그리고 가능하다면 여기에 [풍요로운 대지의 힘]과 [수확의 신]도 섞어 넣고 싶었다. 욕심이 컸기 때문에 자연히 목표는 스킬 초월이 되었다.

[채광의 대가] 스킬과 합성시키기 위해 남겨두었던 [공중 원소 포집], [원소 분리 및 환원], [원소 압축] 스킬을 다 갈아 넣고, 공통점이 없는 스킬들을 붙여 넣기 위해 합성 전용 스킬

들이 동원되었다.

거두절미하고 결과부터 발표하도록 하겠다.

[진 이진혁]
—등급: 초월 이적(Super Miracle)
—숙련도: 초월 랭크
—효과: [이진혁]의 진정한 면모가 드러난다.

"뭔데, 이거."

효과 설명이 너무… 부끄럽다. 아니, 스킬 [이진혁]을 가리킨다는 건 아는데, 그래도 부끄럽다. 나는 내게서 이미 수치심이라는 감정이 거세되었다고 착각하고 있었는데, 그건 그냥 착각일 뿐이었다.

최근 들어 여유가 있다 보니 스킬명을 외치면서 스킬을 쓰는 경우가 종종 생기는데, 이 스킬만큼은 절대 그러지 않겠다는 다짐이 마음에서부터 절로 태어나 자리 잡았다. 그럴 일은 없을 것이다. 그런 일은 일어나서는 안 된다.

어쨌든 성능을 보자면, [진 이진혁]은 [이진혁의 불]의 기능이 그대로 전승됐다. 포함하고 있다는 게 더 옳은 표현이겠지만. 여전히 [이진혁의 불]을 일으킬 수 있다.

요리 재료를 불 속에 던져 넣으면 요리가 완성되어 튀어나오는 것도 여전하고 불 앞에서 요리를 서빙하면 주변에 앉아 있던 사람들에게도 같이 서빙하는 것도 같으며 서빙한 요리에 걸맞은 음료가 튀어나오는 것도 동일하다.

하지만 그때 그대로라면 이 스킬의 등급이 초월 이적급으로 오르지는 않았을 것이다. 당연히 추가적인 기능이 있다.

먼저 [이진혁의 불]의 추가 효과로 광물 원석을 불로 태우면 해당 광물의 괴를 얻을 수 있다. 딱히 다른 복잡한 공정을 거치지 않고도 간편하게 제련한 효과가 난다는 의미다.

이뿐만 아니라 [이진혁의 번개]도 사용할 수 있게 되었다. [이진혁의 번개]를 사용하면 사용한 지점의 땅이 풍요로워진다. [풍요로운 대지의 힘]이랑 같은 효과다. 낙뢰가 내리면 땅이 비옥해지는 원리랑 같겠지? 아마 그럴 거다.

그리고 목표 작물에 [이진혁의 번개]를 쓰면 즉시 [수확]한 효과가 난다. 물론 작물에만 쓸 수 있는 건 아니다. 다른 것들도 [수확]할 수 있다. 즉, 이제까지와는 달리 [축복] 옵션을 거는 데 시간이 걸리지 않는다는 뜻이다. 말 그대로 '번갯불에 콩 구워 먹듯' [축복]을 걸 수 있다.

이것들 외에도 이것저것 효과가 붙긴 했는데, 크게 마음에 들지는 않는다. 뭔가 합성 재료 스킬들의 효과를 주섬주섬 모아다가 등급만 초월 이적으로 높이고 땡인 것 같아서 이제까지의 스킬 초월과 달리 뽕 찬 느낌이 안 든다.

무엇보다 [축복]과 [기적]에 이어 새로운 강화 수단을 손에 넣을 셈이었는데, 이게 좌절되었으니 마음에 찰 리가 없다.

"아무래도 한 번 더 초월시켜 봐야겠어……."

나는 미처 채워지지 못한 욕망에 물든 채, 그렇게 중얼거렸다.

물론 스킬 초월이란 게 그렇게 쉬울 리 없다. 합성 재료가 될 스킬들도 모아야 하고 스킬 포인트도 모아야 하니까. 이번 스킬 초월에도 다섯 자리에 달하는 막대한 스킬 포인트를 소모해서, 당분간은 시도할 생각을 못 한다.

"없으면 벌어야지."

그 값은 천계와 만신전이 내줄 것이다.

나는 그렇게 굳게 믿고 있다.

＊　　　　　＊　　　　　＊

사태의 이상을 먼저 감지한 것은 천계 측이었다.

왜냐하면 어느 순간부터 요선들이 전혀 보고를 하지 않았기 때문이다. 그랑란트에 도착했다는 보고를 마지막으로, 완전히 소식이 끊겨 버렸다. 지속적인 정기연락이 끊긴 것은 물론이고 천계 측의 연락에도 응답하지 않았다.

천계 상층부는 아군인 요선들을 먼저 의심했다. 그들은 요선들이 그랑란트에서 인류종을 발견한 후 보고 및 허가 없이 그들을 취식했을 가능성에 대해 우려하고 있었다. 그래서 천계 상층부는 최전선의 요선들을 감사하고 제어할 목적으로 감사 팀의 파견을 결의했다.

요선들과 사이가 좋지 않은 지구인 출신이자 도사 출신 대신선들로 주로 꾸려진 감사 팀이 그랑란트의 궤도권 주변에 도달했다. 감사 팀은 먼저 요선들과의 통신을 시도했으나, 그 통신이 먹통이었다.

이때까지만 해도 천계의 인원들은 요선들이 전멸했을 거라고는 추호도 생각하지 않았다. 요선들이 진짜로 인류종을 발견하고 의도적으로 통신을 무시했을 거라고 생각한 그들은 곧장 천계에 연락 두절에 대해 보고함과 동시에 그랑란트의 궤도권에 돌입했다.

그리고 그 직후, 감사 팀들과의 통신 또한 두절되었다.

천계 상층부에선 난리가 났다. 요선들이 천계를 배신하고 감사 팀을 구속한 후 잡아먹었으리라고 생각한 천계에서는 곧 대규모의 토벌 부대를 구성했다.

그러나 그 토벌 부대가 실제로 그랑란트로 파견되는 일은 없었다. 연락이 두절되었던 감사 팀으로부터 통신이 들어왔기 때문이다.

그들이 보낸 메시지의 내용은 그야말로 충격적이었다.

             *   *   *

　감사 팀에서 보내온 메시지의 내용은 다음과 같았다.

　―천계의 요선 부대는 그랑란트와 교전하고 패배했다. 그들
은 우리 감사 팀과 함께 포로로 잡혀 그랑란트에 억류되어 있
다.

　―그랑란트 세계는 천계의 선전포고 없는 기습적인 침략에
대단히 분노하고 있으며, 천계를 향한 보복 전쟁에 대해서도
검토하고 있다.

　―극단적인 사태를 피하기 위해서라도 천계 지도자들의 조
속한 결단을 요한다.

　그제야 천계는 자신들이 패배했음을 알아차렸다.

　당연히 여론은 사분오열되었다. 누가 패배한 전쟁에 책임을
지고 싶겠는가? 그것도 주로 책임을 져야 할 이들이 적에게
사로잡혀 포로가 된 상황에서.

　그러나 누군가는 책임을 져야 했고, 자연스레 그것은 요선
파벌의 몫이 되었다.

　물론 원칙적으로 따지면 그렇다는 것이고, 실제로는 요선
출신 대신선들은 전혀 책임을 질 생각이 없었다. 그야 그렇다.
책임을 지는 것 자체가 정치적 파멸을 뜻하니. 포로로 잡힌

요선들과 같은 처지가 될 마음은 추호도 없었다.

그렇다고 입을 다물고 있어서야 책임을 떠맡게 될 뿐일 테니, 그들은 적극적으로 입을 열었다. 다른 누군가에게 책임을 떠넘기기 위해서 그들은 천계 전체를 진흙탕 싸움으로 몰고 나갔다.

"지금 싸우자는 것이오?"

천계 최고 회의에서도 그 같은 양상은 똑같이 벌어지고 있었다. 인간 출신 대라신선 계유가 분노한 목소리로 다른 둘에게 쏘아붙이고 있었다.

"회의록에는 분명 당신 둘이 파병에 동의했다고 기록되어 있소!"

"그래, 맞아."

요선을 대표하는 대라신선, 구호가 대꾸했다.

"그리고 회의록에는 당신 또한 동의했다고 기록되어 있지."

구호의 그 말은 사실이었다. 당시 계유는 그저 부드러운 진행을 위해 둘에게 동의하는 식으로 회의를 마쳤었다. 만장일치가 보기에 좋으리라는 판단으로 말이다.

계유는 끄음, 하고 불편한 듯 숨을 삼켰다.

"그래서 책임을 지지 않겠다는 것이오?"

"그래, 맞아."

구호는 아예 뻔뻔하게 나가기로 작정한 듯 고개를 끄덕였다.

"내 동족들을 위해서라도 나는 절대 내 책임을 인정할 수 없어."

"이기적인!"

계유는 씹어뱉듯 외쳤으나 구호는 코웃음치며 대꾸했다.

"이기적인 건 너도 마찬가지지, 계유."

"뭣?!"

"파병에 찬성한 건 승리했을 경우 얻는 이득을 계산한 게 아니던가? 먹을 건 먹을 생각인데 돈 낼 생각을 하니 빠지겠다니, 이 무슨 대라신선답지도 않은 추한 짓거리야?"

그렇게 둘이 언쟁하는 동안, 천계 최고 회의의 또 다른 한 축이자 천계의 천신들을 대표하는 대라신선 천원은 자신의 머리카락을 손가락으로 꼬아대며 딴청을 피우고 있었다.

그런 꼴이 좋게 보일 리 없다. 상황이 불리해지자, 계유는 바로 천원을 노려보며 추궁했다.

"천원 님, 옥황상제께선 이 일을 알고 계십니까?"

"몰라."

아는지 모르는지도 모르겠다는 짧은 대답에, 계유는 가슴을 쳤다.

천원이 무책임한 게 아니었다. 사실이 그러했다. 옥황상제는 모습을 감췄다. 계유도 그가 어디 있는지 모른다. 혹시나 조카인 천원이라면 높으신 분의 의도를 알까 해서 물은 것이지만, 계유도 크게 기대하고 질문한 건 아니었다.

그러나 체념한다고 이 상황이 답답하다는 현실이 바뀌는
건 아니었다.

계유는 탁자를 두들기며 외쳤다.

"이래서는 천계의 여론이 사분오열될 거요! 누군가는 책임
을 져야 하오!!"

"왜 그렇게 생각해?"

천원은 그 큰 두 눈을 깜박이며 계유에게 되물었다. 계유가
어이없음에 말문이 막혀 입을 뻐끔거리고 있으려니 천원은 싱
그럽게도 웃었다.

"아무도 책임을 질 필요 없어. 왜 책임을 져야 해? 길 가다
개미를 밟고 책임지는 사람 본 적 있나? 죽은 개미를 위해 장
례를 치르고 무덤을 만들고 돈을 내어 개미 시체의 입에 물려
주는 사람을 본 적이 있어? 있을지도 모르지. 하지만 그런 놈
은 미친놈이야."

천원은 자신이 한 이야기가 재미있었는지 입을 크게 벌리고
하핫, 하고 웃었다.

"난 미친놈이 아니야. 미친년도 아니고. 그러니 개미를 밟은
것에 책임을 지지 않겠어."

"그……!"

"나도 그 의견에 찬성이야, 천원 아가씨."

뭐라고 반론하려던 계유의 입을 막아버리며, 구호가 말했다.

"정말 멋지군. 정확한 판단이야. 역시 옥황상제의 조카딸! 나도 그런 미친년은 아니지. 찬성! 재청! 하하하! 이걸로 과반수가 넘었군, 계유. 어쩔 텐가?"

"큭……!"

계유는 이를 갈았다. 이 자리에 남은 유일한 정상인이자 양식 있는 대라신선으로서 한마디를 해야 했다.

그러나 그랬다가 자신의 파벌인 인류 출신 신선들이 피해를 보면 어쩌지? 내가 도덕적이자고 다른 이들에게 피해를 줘야 하나? 그런 생각이 계유의 머릿속을 휘몰아쳤다.

말할 것도 없이 그것은 자기합리화이자 책임을 피하고자 하는 변명에 불과했고 계유 또한 그 사실을 잘 알고 있었으나, 그렇다고 자신의 파벌을 저버릴 순 없었다.

그에게는 권력자로서의 책임이 있었다. 외부 세계에 책임을 지느냐, 자기 사람들을 책임지느냐. 선택은 오로지 하나뿐이었다.

"오늘 천계 최고 회의는 열린 적이 없소."

그래서 계유는 꼼수를 쓰기로 했다.

"그러니 회의록도 작성되지 않을 것이오."

기록되지 않은 일은 일어나지 않은 일이다. 실제로는 그럴 리 없다는 걸 잘 알면서도, 계유는 그렇게 스스로를 설득했다.

"핫하하!"

구호가 자리에서 벌떡 일어나며 크게 웃곤 계유에게 악수를 청했다.

"훌륭해!"

천원은 의자에 푹 파묻힌 채 킥킥대며 웃었다.

계유는 구호의 악수를 받지도, 천원 쪽을 쳐다보지도 않은 채 회의장을 박차고 나섰다. 영문 모를 분노가 계유의 가슴에 차오르고 있었으나, 그는 그걸 모르는 척했다.

*   *   *

천계의 여론이 이렇게 들끓음에도 천계 상층부는 아무런 판단을 내리지 않은 채 있었다. 공식적으로는 말이다.

실제로는 이 사태를 중히 받아들이고 이미 몇 차례의 회의를 거쳤지만, 그 모든 회의가 결국 열린 적이 없던 것으로 취급되었으므로 천계의 일반 시민들로선 윗선에서 아무 판단도 하지 않은 것으로 받아들일 수밖에 없었다.

옥황상제조차 자리를 비운 채 두문불출을 하는 가운데, 여론은 결국 누구의 중재도 받지 못한 채 지루하고 출구 없는 진흙탕 싸움이 되어버린 것도 꽤 오랜 일이 되었다.

어느 세력이 확실한 우위에 섰다면 이런 일도 없었겠지만, 사분오열된 여론도 자기들끼리 싸우기 바빠 하나로 통합되지 못하고 지리멸렬해지고 있었다. 마치 누군가가 이 상황을 유도하기라도 한 것처럼.

—그랑란트에 출병한 요선들은 모두 자원한 병력들.

—그들이 그들 스스로 책임져야 할 것.

가장 먼저 성명을 낸 것은 요선들이었다. 그들은 이미 포로로 잡혀 버린 이들과 천계에 남은 이들 사이에 선을 긋고 책임을 면피하려 들었다.

—우리는 요선이 아니다!

—요선의 일은 요선이 책임져야 할 것.

인류종 출신 신선들이 성명을 발표했다. 인류종으로 주로 이뤄진 감사 팀의 존재는 이미 잊어버린 것 같은 태도 변화였다.

천신 출신 신선들은 그냥 가만히 있었다. 누구의 편도 들지 않았고 아무 주장도 하지 않았다. 다른 세력들도 굳이 천신 출신들을 건드리려 들지 않았다.

그렇게 혼란과 소란이 약간 이어지다가, 결국 천계 전체의 여론은 점차 우리가 왜 책임을 져야 하느냐는 의견 쪽으로 기울어지기 시작했다.

그야말로 후안무치한 여론이었으나 아무도 책임을 지려 들지 않으니 자연스럽게 그렇게 되어버리고 말았다.

"이게 천계의 민낯이란 말인가!"

의식 있고 양심 있는 이들은 통탄했으나, 그런 이들조차 스스로 책임을 지려고 들지는 않았다. 피할 수 있는 파멸을 피하려 드는 것은 세상에 존재하는 이로서 당연한 선택이었다.

* * *

마구니 동맹, 마라 파피야스의 분신들이 자신들의 작전이 실패로 돌아갔음을 알아차린 것도 천계와 비슷한 시점이었다. 정보의 출처는 천계에 심어둔 끄나풀이 전달해 온 것이었다.

마구니 동맹으로서도 난감하기 짝이 없는 상황이었다. 비록 주로 비토당하는 대상은 요선들이기는 했으나 파병 분위기를 끌어 올린 것은 마구니 동맹의 비선들이었다.

전쟁에 승리했다면 오히려 천계 내에서 마구니 동맹의 영향력을 확고히 했을 터이나, 패전했으니 오히려 영향력이 감소하게 생겼다. 최악의 경우 교단에서처럼 뿌리가 뽑힐 수도 있고 말이다.

그것만은 어떻게든 피해야 했기에, 마라 파피야스의 분신들은 상황을 진흙탕으로 만들라고 지시했다. 어중간하게 요선

파벌에 책임을 돌렸다간 역풍을 맞을 수도 있었기에 한 선택이었다.

마구니들의 공작은 유효하게 통해, 천계의 여론은 그들에게는 최선의 상황으로 돌아가기 시작했다. 최선, 그것은 물론 그누구도 책임을 지지 않는다는 거였다.

천계는 비록 하향세라고는 하나 약소 세력이라고는 할 수 없었다. 오히려 대형 세력 축에 속한다고 봐야 했다. 그러니 변경의 신흥 세력인 그랑란트가 아무리 비난해 봐야 무난하게 무시하고 없던 일로 만들 수 있으리라 보았다.

일단 급한 불은 껐으니, 마라 파피야스의 분신들은 다시 회의실에 모여들었다. 십자가에 매달린 에르메스가 반짝거리며 그들을 반겼다. 물론 반겼다는 건 분신들의 의도적인 왜곡에 불과하고 실제론 여전히 정신을 잃은 채 매달려 덜렁거리고 있을 뿐이었지만.

"가장 먼저 알아내야 할 정보는 이거야."

상황이 급한지라, 본론이 먼저 나왔다.

"만신전 놈들은 어떻게 된 거지?"

"아직 정보가 없어."

답 또한 바로 나왔다.

"젠장, 이런 말을 하게 될 줄은 몰랐는데. 브뤼스만이 그립군."

"브뤼스만이 교단에서 잘려 나가면서 우리의 정보 조직 태반이 잘려 나간 거나 다름없는 사태를 맞이했으니. 그래도 그게 이토록 우리 발목을 잡을 줄은 몰랐군."

약간의 불만이 오간 끝에야, 영양가가 조금 있는 의견이 나왔다.

"지금으로써는 그랑란트가 두 세력을 모두 물리치고 천계의 요선들을 포로로 잡았다고 보고 향후의 계획을 짜는 게 좋겠군."

"그래, 그게 최악이니. 그보다 나빠지지는 않겠지."

"하지만 지나치게 최악이야. 만약 그 상황을 상정한다면 우리가 뭘 해야 이걸 뒤집을 수 있지?"

묵묵부답.

그럭저럭 화기애애한 분위기였던 일전과는 달리, 완전히 침중해진 분위기가 되어버리고 말았다.

"…일단은."

누군가가 입을 열었다.

"쓸 수 있는 수는 다 써봐야겠어."

"쓸 수 있는 수? 그게 있나?"

"생각나는 대로 써봐야겠지. 정 안 되면 상급 회의에 넘겨야 할 테고."

거의 대부분의 분신들이 안색을 바꿨다.

이 사태가 자신들의 손에서 해결될 수 없다는 걸 인정하고 상급 번호대의 회의로 넘긴다는 것은 자신들의 무능함을 인정하는 꼴이다. 적어도 이 자리에 모인 분신들은 그렇게 생각했다.

"그건 싫은데."

"싫으면 대안을 생각해 내라고."

다시금 침묵.

"…그럼 이건 먹지 말고 써먹어야겠어."

다른 누군가가 회의실의 중앙에 매달린 상급 신, 에르메스를 가리키며 말했다.

하아, 하고 누군가가 한숨을 흘렸다.

"이번 기회에 상급 신의 생간을 맛보고 싶었는데."

"나는 회. 가슴살을 잘 저며서 먹고 싶었는데."

"어쩔 수 없지."

"상황이 이렇게 되었으니."

안타까움은 있었지만 반론은 없었다.

Chapter 8

"천계가 혜자네. …아, 혜자라 그러면 알아듣는 사람이 없겠구나."

나는 21세기 초기 지구 한국의 유행어를 혼자 중얼거리고 혼자 시무룩해졌다. 아무리 인류연맹에서 지구 문화가 핫했고 그 유행이 교단에까지 번졌다지만 이런 거까지 아는 사람이 드물긴 할 거다.

여하튼.

천계는 마음 씀씀이가 좋았다.

자신들이 싸움에 진 줄도 모르고 추가 병력을 보내 내게 착취시켜 주다니 말이다.

"천계가 착하네."

마음에 들었다.

비록 감사 팀인지라 숫자가 많지 않았고, 기본적인 포로 대우는 해줘야 되다 보니 바닥까지 긁어먹진 못했지만 그래도 이게 어디냐.

다시 한번 스킬 초월을 노려볼 정도까진 아니지만, 필요한 스킬 포인트의 1/4 정도는 채웠다.

더욱이 이전의 요선들과 달리 인류종 도사 출신의 대신선들이라 인성도 괜찮았다. 이 대신선들을 그냥 죽였다간 대량의 네거티브 카르마를 떠안게 될지도 모르겠다는 생각이 들 정도로 말이다.

물론 지금은 카르마 마켓 본점 VIP 카드가 있어서 어느 정도 네거티브를 무효화시킬 수 있지만 그렇다고 굳이 써먹겠답시고 무고한 사람을 죽일 생각은 없다.

대놓고 따져보자면 그랑란트에 쳐들어온 이들이 무고하냐면 딱히 그렇진 않지만 아무튼 일부러 희생을 늘릴 필요는 없지.

대신선들을 통해 천계에 연락한 것도 그 때문이다.

"적당히 배상금 받고 풀어줘야지."

한 달 전만 해도 그럴 생각이었다.

그런데… 대답이 없다.

전문을 보내고 한 달 가까이 시간이 흘렀는데도 답변이 없다는 건 뭘까? 기다려 달라고도 하지 않고 그냥 소식이 없다. 아예 불통이다.

포로들을 다 죽이라는 뜻일까? 반사적으로 그렇게 생각했다가, 나는 그게 진짜일 가능성에 대해서 생각하기 시작했다.

그래, 천계 측에선 배상금을 물기 싫은 마음에 내가 포로들을 다 죽여줬으면 좋겠다고 생각할 수도 있었다.

그리고 내가 실제로 그런 짓을 하면 천계 쪽에 명분이 생긴다. 명분만으론 아무것도 안 될 경우가 더 많지만, 어떨 때는 명분이 전부일 때도 있다.

"흐음."

사실 포로들 밥값이라고 해봐야 별로 들지도 않는다. [진 이진혁]으로 불 피워놓고 밥 한 그릇 올려놓으면 포로들 전원의 앞에 밥과 함께 국이 제공되니 말이다.

국이 음료 취급이란 건 한국인의 입장에서 볼 때 말도 안 되게 보이지만 뭐, 그렇게 보니 그렇네 하며 넘어갈 수도 있는 일이다.

이게 아니라.

어쨌든 포로들을 살려놓는 게 그렇게 힘든 일은 아니다.

가끔 테스카를 불러와 포로들에게 술과 음식을 먹여 레벨 업 시킨 후 그 레벨 업 한 분량의 레벨과 스킬 포인트를 착취하는 작업도 귀찮긴 하지만 나름 보람 있는 작업이긴 했다. 만신전의 잡신들과 한꺼번에 모아서 처리하면 크게 손도 안 가고.

"이렇게 생각하고 보니 꽤 꿀이네?"

줬다가 뺏는 게 세상에서 제일 치사한 일이라지만, 상대가 포로니 만큼 양심의 가책을 느낄 일도 없다.

"그렇다고 괘씸한 게 안 괘씸해지지는 않지."

천계의 반응을 그냥 넘기면 얕보일 위험이 있다. 얕보여서는 안 된다. 한 번 얕보이면 계속 얕보이니 말이다. 나 혼자의 일이라면 그냥 넘어가도 되겠지만 그렇지가 않다. 그랑란트의 명의로 천계에 메시지를 발송한 이상 저들이 무시하고 있는 건 그랑란트인 셈이 된다.

"그럼 어쩐다."

사실 오래 고민할 일은 아니었다. 천계에 쳐들어가면 된다. 애초에 보복 전쟁을 고려하고 있다고도 메시지를 보내놓은 상황이니 만큼 이미 명분은 확보된 상태다.

그랑란트의 방위 문제도 해결됐다. 네 천사들을 생매장함으로써 강화했으니, 이제는 굳이 내가 나서지 않아도 충분히 그랑란트를 지켜낼 수 있을 것이다. 적어도 만신전 외의 또 다른 세력이 기습 전쟁을 걸어오지 않는 한 무난히 막아내리라.

그럼에도 불구하고 내가 망설이는 이유는 따로 없다.

직감이다.

지금은 움직여선 안 된다는 직감이 충동적인 움직임을 봉쇄하고 있었다.

내 직감이 99+일 때도 충분히 신뢰할 만했다. 그런데 지금의 내 직감은 999+다. 당연히 직감에 따르는 것이 맞다.

문제는 직감이라는 것이 논리적이지가 않다는 점이다. 왜 움직여선 안 되는지는 내가 스스로 생각해야 했다. 그리고 세상의 문제들이 다 그렇지만, 문제가 무엇인지 몰라서야 해답도 찾아내지 못한다.

시간이 지나면 자연스럽게 알게 되겠지, 하고 덮어둘 일도 아니다.

"대체 뭐가 부족한 거지?"

나는 안 돌아가는 머리를 부여잡고 열심히 생각했다. 그리고 어떤 결론에 이르렀다.

"이걸 왜 내가 혼자 고민하고 있지?"

생각해서 모르겠으면 물어봐라. 이게 진리 아니던가.

그러므로 나는 물어보기로 했다.

*　　　　*　　　　*

―제가 먼저 연락을 드리려고 했는데, 이렇게 먼저 연락을

주시다니요.

잭 제이콥스는 놀란 듯 내 연락을 받았다.

"응? 어째서?"

─아뇨, 먼저 말씀하십시오.

"아니, 그냥 뭣 좀 물어보려고."

그렇다고 직감이 반응했는데, 왜 반응했는지 모르겠다는 한심한 질문을 할 정도로 자존심이 없진 않다. 그래서 나는 질문을 약간 꼬아 이렇게 물었다.

"혹시나 그랑란트에 위협 요소가 되는 사건 같은 게 있어?"

─…놀랍군요. 그렇습니다. 제가 말씀드리려고 했던 것도 바로 그겁니다.

"뭐? 정말로?"

─역시 직감이셨군요. 가히 미래 예지에 가까운…….

역시 잭 제이콥스는 만만한 상대가 아니었다. 내가 왜 이런 질문을 던졌는지 간파한 모양이었다. 적이 아니라서 다행이다. 처음엔 적으로 만났지만 말이다. 그러고 보니 적으로 만났어도 됐었구나. 그냥 힘으로 밀어붙이면 될 일이니.

…별 쓸데없는 생각을 다 했군.

─조만간 만신전의 모든 병력이 그랑란트로 향할지도 모릅니다. 아니, 병력이라는 단어에는 어폐가 있군요. 만신전의 왕을 비롯해 가장 밑바닥의 잡신들에 이르기까지, 만신전이라는

사회를 이루고 있는 모든 구성원이 그랑란트에 쳐들어갈지도 모릅니다.

"뭐, 뭐라고?"

너무나도 뜬금없는 소리라, 난 그렇게 되묻고 말았다.

─당황하시는 것도 무리는 아닙니다. 저도 이 소식을 첩보로 접한 후 귀를 의심했으니까요. 연락을 드리는 게 늦어진 것도 그런 이유입니다. 이 소식이 진짜인지 확인 작업 중이었습니다. 하지만 이진혁 님, 실례. 폐하께서 직감으로 느끼셨다면 다른 확인 작업은 필요 없겠군요.

나보다도 내 직감을 신뢰하는 반응에도 나는 기뻐하지 못했다. 이전과는 달리 이건 진짜 위기였다. 고작 중급 신이 이끄는 군단 하나하고는 차원이 달랐다. 만신전의 모든 구성원이 다 쳐들어온다니. 말 그대로의 총력전이지 않은가.

─말씀드리기 외람되오나 이 소식은 만신전에 잠복시켜 둔 비선을 통한 비공식적인 라인으로 들어온 거라 외교적인 개입도 지금으로써는 불가능합니다. 물론 다소 강압적인 방법을 쓰면 가능할지도 모르나 한계가 있어 보이더군요.

잭 제이콥스는 미안한 듯 그렇게 말하며 일이 왜 이렇게 된 건지 내게 설명해 주었다.

"그러니까 원래 그랑란트에 파견되었던 상급 신이 혼자 돌아와서 거짓증언을 한 게 모든 일의 원인이란 말이지?"

─그렇습니다.

그 상급 신, 에르메스는 패배한 전쟁에서 혼자 살아남아 도 주한 것으로 모자라, 자신들이 전쟁에서 패배하지 않았다고 주장하기 시작했다고 한다.

그랑란트라는 신세계에는 아직 인류종들이 잔뜩 살아남아 있었고, 그들은 믿는 신이 없다고 증언했다. 그리고 만약 만신전의 신들이 거기로 이주하면 그 인류종들으로부터 신앙을 얻어 더 큰 신앙을 쌓을 수 있으리라고 입에 발린 말까지 동원했다.

더불어 이미 내게 포로로 사로잡힌 신들은 신세계의 개척에 힘을 쏟고 있어서 자신이 혼자 돌아왔다는 새빨간 거짓말도 첨가되었다.

─이런 논리를 기반으로, 에르메스는 그랑란트에 대해 신들에게 있어 새로운 낙원이나 다름없으며 신들 모두가 거기로 이주해야 한다고 강변하기 시작했습니다.

"어디서 들어본 이야긴데."

신 가나안 계획. 그랑란트를 대상으로 브뤼스만이 진행했던 계획과 유사한 점이 있다.

─아시다시피 절반 이상이 허구인 날조에 불과합니다만, 만신전의 신들이 흥분하며 달려드는 바람에……. 성공적인 선동이라 할 수 있겠군요.

"그런 날조에 속아서 진짜로 온다고?"

—믿기 힘드시리란 건 알고 있습니다. 제가 괜히 몇 번이고 다시 확인한 게 아니니까요. 그러나 모든 정보원을 통해 아무리 교차점검을 해봐도 모순이 없습니다. 절망적일 정도로요.

그만큼 만신전이 신앙에 굶주린 상태이기 때문일 테지요, 하고 잭 제이콥스는 설명을 맺었다.

이게 사실이라면 내가 그랑란트를 비우면 안 된다. 아무리 내 천사들이 강해졌다지만 다수의 상급 신을 상대로도 완승을 보장받을 수는 없다. 나라도 그게 가능할까 싶을 정도니 말이다.

그럼 이제 어떻게 해야 되지?

조언을 구하기 위해 잭 제이콥스에게 연락을 취한 거였는데, 오히려 고민만 더 늘어났다.

"아."

방법이 하나 떠올랐다.

"내가 지금 만신전의 잡신들을 포로로 잡아두고 있는데, 이들을 풀어서 돌려보내면 어떨까?"

이러면 적어도 에르메스란 놈이 퍼뜨린 날조된 정보는 정정될 가능성이 생긴다.

—잘되면 좋지만, 잘못되면 적의 숫자만 더 늘리는 결과로 이어질 수 있습니다. 더욱이······.

잭 제이콥스는 망설이다가, 다시 입을 열었다.

—에르메스의 배후에 누군가가 있는 걸로 저희 정보부가 의심하고 있습니다.

"배후?"

—네. 에르메스는 본래 그런 신이 아니었다고 합니다. 오히려 매우 자기 보신적이고 보수적인 성격의 신이라고 하더군요. 그런 에르메스가 이런 극단적인 선동에 나선 것에 대해 정보부는 매우 의구심을 품고 있고, 그 뒤를 파고 있다고 보고해 왔습니다.

"…그런가."

내가 그 에르메스랑 접촉해 본 적이 없으니, 뭐라 말하기 힘들긴 하다.

—물론 근거가 있는 보고는 아닙니다. 그 근거는 지금 찾고 있는 중이니까요. 그저 참고만 해주시면 감사하겠습니다.

"그렇군. 알았어."

내가 포로들을 풀어준다 한들 그 배후에서 개입해 포로들을 죽여 입막음을 하거나 그들마저도 에르메스에게 행한 것과 같은 조치를 취한다면 오히려 상황이 악화될 수도 있다는 뜻이리라.

"그럼 그 배후를 찾아내서 족치지 않는 이상 포로들을 풀어줘 봤자 별 의미가 없겠군."

—배후가 진짜 있다면 말이지만요.

"내 생각엔 아무래도 그 배후란 것들이 마구니 동맹이 아닐까 싶어."

내가 만신전에 향했을 때 카자크가 잡은 마구니 동맹의 끄나풀. 그들이 사방에 끄나풀을 퍼뜨려 뭔가를 기획하고 있는 것만은 확실했다.

—사실 저도 그런 생각을 품고 있긴 합니다. 지금으로선 심증밖에 없지만…….

"그런데 마구니들이 상급 신을 세뇌시킬 정도로 강력해?"

내 인식에서 마구니들은 만만한 상대다. 하지만 이 일의 배후가 마구니란 게 사실이라면 내가 아주 큰 착각을 하고 있는 셈이 된다.

—그것이 그들의 수법이니까요.

그리고 잭 제이콥스가 고개를 끄덕였다. 어휴. 나는 나오려는 한숨을 참고 되물었다.

"마구니들이 그렇게 세?"

—일반적으로는 그렇지 않습니다. 사실 만만한 축에 속하죠.

"그럼?"

—마라 파피야스의 분신이라는 존재들이 있습니다.

마라 파피야스라. 한 번 들어본 이름이다. [마라 파피야스의 오금뼈]라는 아이템으로 말이다.

그래서 마라 파피야스는 이미 죽었으리라고 생각했다. 뼈만
남은 존재라면 이미 죽었을 터라는 간단한 논리였다. 하지만
분신이 남아 있다니. 그것도 다수가. 하긴 분신이면 남을 수
도 있지. 나는 가볍게 납득했다.

—마구니들의 지휘관급이라 보시면 될 텐데, 이들은 만만찮
습니다. 대신 그만큼 숫자가 적지만요.

납득이야 가볍게 했다지만, 그들의 존재까지 가볍게 받아들
일 수 있는 건 아니었다. 상급 신을 세뇌시켜서 모략의 재료
로 쓰는 놈들이라니, 터무니없지 않은가.

"그렇다면 진짜로 마구니들이 그 배후일 가능성이 높겠군."

잘은 모르지만, 상급 신을 세뇌할 수 있는 존재가 그리 많
을 것 같지는 않았다. 그리고 잭 제이콥스는 그중에 마구니들
이 끼어 있다고 했다.

이 세계의 주요 세력을 꼽아보자면 일단은 교단과 만신전,
만마전은 이제 없고 천계는 이미 쳐들어왔다. 소거법으로 볼
때, 배후에서 음모를 꾸밀 만한 것들은 마구니들 정도였다.

—가능성이라면 높죠.

근거가 없을 뿐이지. 거참.

결국 문제는 다시 원점으로 돌아왔다. 나는 대책을 생각해
내야 했다.

상황이 꽈배기처럼 꼬였다. 천계 놈들은 포로들을 남긴 채 묵묵부답이고 만신전 놈들은 본진을 들어 떼로 쳐들어온댄다. 이걸 다 푸는 방법은 결국 칼로 잘라내는 게 제일 낫겠지. 브뤼스만이 좋아했던 그 알렉산드로스 대왕이 그랬듯이 말이다.

그러려면 아주 큰 칼이 필요했다. 빌어먹게 큰 칼이.

*　　　　*　　　　*

─만신전에 연락을 취해보시겠다고요?

내 말에 잭 제이콥스는 놀란 반응을 보였다.

"그래. 포로들을 통해 최후통첩을 해볼 생각이야."

─이렇게 말씀드리긴 좀 그렇습니다만, 별로 좋은 아이디어 같지는 않습니다.

하긴 그게 좋은 생각 같았으면 잭 제이콥스가 먼저 말했을 것이다. 그것을 제안하지 않은 것에는 이유가 있을 것이고. 나도 그 이유가 대충 예상 간다.

포로 중급 신의 입으로 패배했고 포로로 잡혔다고 전달해봐야, 지금의 만신전 상태라면 포로들의 배신을 먼저 의심할 게 뻔하다.

에르메스에게 선동당한 만신전은 그랑란트를 젖과 꿀이 흐르는 낙원이라 생각하고 있다. 그런데 포로들이 나타나 자신들이 패배했음을 설파해 봐야, 만신전 측은 포로들이 그 낙원을 독점하기 위해 만신전을 기만하려 든다고 믿을 수도 있었다.

그만큼 에르메스의 선동이 교묘했다. 에르메스의 솜씨가 아니라 그 배후가 꾸민 수작이라지만 당하는 입장에서는 혀를 차지 않을 수가 없었다.

"나도 알아. 하지만 필요한 수순이야."

이미 만신전을 혀로 구슬리는 건 포기했다. 그럼에도 굳이 만신전에 연락을 취하려는 건 지금부터 내가 하려는 것에 대한 명분을 만들기 위함이다.

더 쉽게 말하자면 핑곗거리를 찾는 거다. 빌어먹게 큰 칼을 만들 핑곗거리 말이다.

그리고 그 결과.

"왕이시여! 정말입니다! 제가 왜 거짓을 고하겠습니까! 폐하! 살려주시옵소서! 폐하!!"

중급 신, 부가티는 통신이 이미 끊겼음에도 불구하고 통신기를 붙들고 절박하게 소리 지르다 이윽고 절망적으로 고개를 떨어뜨렸다. 이 일을 위해 일부러 부가티를 [폭군의 지배]에서 풀어줬음에도 불구하고 그는 자신의 왕을 설득하는 것에 실패했다.

"유감이군, 부가티."

"아아, 아아아…….."

"나도 이렇게 되길 바라지 않았음을 미리 고해두지. 이렇게 됐으면 안 됐어…….."

나는 다시금 부가티를 지배하에 놓았다. 그리고 큰 칼을 만들기 위한 담금질에 들어갔다. 그것은 만신전 출신의 포로들을 향한 이제까지보다도 높은 수준의 착취였다.

아무리 내가 레벨 업에 눈이 멀었다 한들 포로를 대하는 데 있어서 일정 선은 지켜줄 생각이었다. 비록 내 세계를 침략하고 위협한 적이라고는 하나 상대가 악마인 것도 아니고 내 직접적인 원수인 것도 아니었으니.

그러나 만신전은 나를 궁지로 몰았다. 위기감을 느끼게 했다. 오랜만에 내 직감이 반응할 정도로 말이다. 더욱이 만신전이 먼저 이들을 포로로 대우하지 않는다. 몸값을 지불할 생각도 없고 구출할 생각은 더더욱 없다.

전쟁터에서 포로마저 아니게 된 이들의 운명은? 보통은 처형이다. 대단히 유능한 장수라면 회유를 시도해 볼 수도 있겠지만, 이들 중 탐나는 인재는 없다. 전무하다. 그러므로 회유는 없다.

그냥 놔준다는 선택지는 아예 존재하지 않는다. 그래서는 안 되는 이유를 이미 잭 제이콥스에게 들었다. 잠재적인 적을 늘릴 위험도 있고, 적들로 하여금 사로잡히는 걸 두려워하지 않게 만들기도 한다.

그렇다고 나는 이들을 처형하지는 않을 것이다. 그것보다는 조금 더 온건한 조치를 취할 셈이었다.

"그, 으으윽……."

잡신들이 나뒹굴었다. 처음부터 잡신이었던 자들이 태반이나 그렇지 않은 자들도 있었다. 하급 신들은 물론이고 한때 중급 신이었던 부가티조차 내게 신성을 빼앗겨 이제는 그저 잡신으로 격하되고 말았다.

"…후."

물론 범인이랄까, 이들을 이렇게 만든 사람은 바로 나다. [폭군의 착취로 이들의 거의 모든 신성을 빨아들인 결과가 이것이었다.

"그래도 불멸자로서의 격과 종족, 이름까지는 빼앗지 않았다. 그러니 장시간에 걸쳐 충분히 회복한다면 원래의 지위를 되찾을 수 있을지도 모르지."

소위 말하는 브뤼스만 형보다는 훨씬 나은 방법이지만, 이제는 잡신이 되어버린 이들에겐 그렇게 여겨지지 않을 것이다.

게다가 내 입으로 말했지만 정말 가능성이 낮기도 하다. 이 세계에 인류종이 얼마나 남았는지도 모르겠고, 적어도 그랑란트의 인류종은 대부분 내 신도니까.

상황이 이러니 이들이 신앙을 모아 신성을 회복하고 하급 신이나 중급 신으로서의 지위를 되찾을 방도는 현재로서는 없는 거나 마찬가지다.

"이렇게 된 건 유감이지만 뭐, 다음에 밥이나 한 번 먹자."

이들이 나와 함께 밥을 먹으면 다시 레벨이 오를 테니 이들에게도 나쁜 이야기가 아니다. 물론 그렇게 오른 레벨은 다시 내게 회수될 테지만 말이다.

그런 말을 남기고 나는 만신전 소속 포로수용소를 뒤로 했다. 이들만 상대하고 있을 시간이 없다. 다음 순서가 기다리고 있으니까.

그 다음 순서란 건 당연히 천계 소속 포로수용소의 포로들이었다.

*   *   *

그렇게 많은 신성을 흡수했음에도 나는 상급 신의 지위에는 오를 수 없었다. 만신전의 총력전에 대처하기 위해 최소한 상급 신은 되어두고 싶었는데 말이다.

잡신이 된 지도 1년조차 지나지 않은 입장에서 벌써 상급 신을 꿈꾸는 건 어떻게 보면 양심 없는 바람일 수도 있다. 그러나 양심이 있고 없고는 중요하지 않다. 상급 신이 될 필요가 있기에 상급 신이 되려고 하는 것뿐이니.

문제는 그 필요가 있음에도 현실적으로는 방도가 없다는 점이었다.

아무래도 상급 신까지 가기 위해서는 단순히 다른 신의 신성을 빼앗는 것만으로는 안 될 것 같다. 뭔가 다른 조건이 필요하리라. 이 조건에 대한 조언은 누구도 해줄 수 없다. 상급 신을 하나 사로잡았다면 모르겠지만, 내가 사로잡은 건 중급 신까지니 말이다.

결국 상급 신의 위에 오르기를 포기하진 않더라도 일단은 뒤로 미뤄두는 편이 옳았다. 답이 보이지 않는 문제를 두고 고민해 봐야 시간 낭비다. 달리 할 일이 없으면 모를까, 지금은 뭐든 해야 될 때였다.

그 대신이라고 하기엔 좀 뭐하지만, 이런 걸 얻었다.

[궁극 이진혁]

―등급: 궁극 이적(Ultra Miracle)

―숙련도: 궁극 랭크

―효과: [이진혁]의 극에 달한 능력.

포로수용소의 포로들에게서 바닥까지 긁어모은 스킬들을 갈아서 얻은 스킬 포인트로 다시 한번 합성 작업을 거친 결과물이 바로 이것이었다. 애초에 이걸 위해 포로들을 말려 죽일 작정으로 착취한 거였다.

궁극 이적으로 등급이 오른 건 좋은데, 문제는 스킬명이었다. 시스템한테 이렇게 진지할 때 장난치지 말라고 하고 싶다.

하지만 스킬의 효과는 장난이 아니어서 이상하게 화가 난다.

궁극 이적 등급이 되면서 [이진혁의 불]과 [이진혁의 번개]에 이어 [이진혁의 빛]이라는 새로운 옵션이 나타났다.

그렇다. 내가 빛이 됐다.

[이진혁의 빛]에는 다른 효과도 물론 있었지만, 가장 특징적인 건 [신비한]이라는 옵션을 걸어주는 부가 효과가 붙어 있다는 점이었다. 이것만으로도 내가 원하던 걸 얻은 셈이지만, 이 효과를 사용해도 상급 신에는 오르지 못했다.

아무래도 [이진혁의 빛]으로 걸 수 있는 [신비한] 옵션은 다른 두 옵션에 비해 효과가 다소 떨어지는 면이 있었다. 존재의 격이 오르기는커녕 능력치가 크게 오르지도 않았고, 아이템에 써도 등급이 확 오른다거나 하는 일도 없었다.

대신 그만큼 소모값이 적었으며 대상을 정해야 하는 두 옵션과 달리 내가 생성시킨 빛에 닿기만 해도 효과를 받을 수 있기에 다수를 대상으로, 혹은 일정 범위에 효과를 흩뿌리는 것에 특화되어 있었다.

즉, 내 백성들에게 공평하게 힘을 나눠줄 수 있었다.

그래서 나는 [이진혁의 빛]을 이진혁 시티의 시민들에게 흩뿌렸다. 주로 나를 위해 일하고 있던 코볼트들과 드워프들부터 시작해서, 순차적으로 빛을 뿌렸다.

그러면서 알게 된 게 있다. 존재의 격이 높을수록 효과를 발휘하는 데 시간이 오래 걸리는 대신 큰 변화를 가져와 줬던 [축복]과 [기적]에 반해, [신비]는 상대적으로 약한 존재일수록 극적인 효과를 발휘했다.

예를 들어 지금의 내게 힘 +10은 크게 눈에 띄지 않는 효과지만, 이제 막 플레이어가 되어 능력치가 평균 10인 플레이어에겐 정말 대단한 체감 효과를 가져다줄 것이다. 그렇다고 [신비]가 딱 힘 10을 올려주는 효과는 아니고, 굳이 비유하자면 그렇다는 의미다.

이렇다 보니 내게 빛을 받은 내 백성들은 내게 감사하며 더욱 깊은 신앙심을 품게 되었다. 이미 한계까지 끌어 올렸다고 생각했던 신앙이었는데, 여기서 더 끌어 올릴 수 있었을 줄이야.

장기적으로 볼 때, 이 현상은 신성과 존재의 격을 끌어 올리는 데 적지 않은 도움이 되리라.

"지금은 장기적인 효과보다는 당장 끌어다 쓸 수 있는 큰 힘이 필요한데 말이야."

내일이라도 만신전이 쳐들어올지 모르는데, 장기적으로 힘을 쌓고 있을 시간은 없다. 딱 그 부분이 [이진혁의 빛]에서 아쉬운 점이었다.

저도 그렇게 생각했던 적이 있었습니다.

*　　　*　　　*

이쯤 되면 인정할 수밖에 없다.

나는 인류의 힘을 얕봤다.

솔직히 말해 얕볼 수밖에 없었다. 내가 마지막으로 인류의 힘을 느낀 적이 언제인가.

사실 없다.

컴퓨터, 인터넷, 휴대폰. 인류 문명은 내가 태어났을 때부터 주어져 있었고, 나는 그걸 숨 쉬는 것처럼 누렸다. 비록 경제적 능력의 한계 때문에 다른 사람들보다 열악한 환경에서 덜 혜택을 받았고, 나는 그것을 매우 불편하게 느꼈으며 한편으로는 분하다고 느꼈지만 말이다.

오히려 인류의 힘에서 비롯된 혜택을 받지 못하게 된 뒤에나 간접적으로나마 느꼈을 따름이다. 컴퓨터는커녕 전기조차 없는 튜토리얼 월드에서 말이다. 냉장고가, 전구가 없다는 것이 이렇게 불편한 것일 줄이야.

그러나 나는 그 불편조차 곧 잊었다. 나는 빠르게 튜토리얼 월드에 적응했다. 전구 대신 캠프파이어, 냉장고 대신 인벤토리. 한계돌파로 스킬을 성장시키며, 나는 내 스킬들이 인류 문명보다 편하다고 느끼기 시작했다.

그렇게 수백 년을 인류 문명에서 배제된 상태로 살았다.

튜토리얼 월드에서 빠져나와 처음 만난 인류가 드워프들이다. 방랑 드워프들. 오줌을 증류시켜서 마시고 바위 밑의 벌레를 먹었던 그들. 열악하기 짝이 없는 환경에서 생존하기 위해 발악하는 이들이었고, 내 도움을 필요로 하는 이들이었다.

그들을 보며 내가 어떻게, 무슨 인류의 힘을 느끼겠는가?

비단 드워프뿐만이 아니다. 오크나 설원 엘프, 코볼트, 세이렌도 크게 다르지는 않다. 모두 간신히 살아남았고, 그대로 내버려 뒀으면 생존을 위협받았을 이들이었다.

내게 있어서 인류는 내 도움을 필요로 하는 이들이자 내겐 큰 도움이 되지 않는 이들이었다. 그것이 이제까지 내가 그들을 상대로 품었던 자연스러운 인식이었다.

비록 이 땅의 인류로부터 신앙을 얻게 되면서 그 인식은 약간 바뀌게 됐지만, 그럼에도 인류를 무시했던 것을 부정할 수는 없다. 나 자신부터가 지구인이면서도 나는 인류종의 힘보다는 나 개인의 힘을 믿었다.

내 레벨 업에의 집착은 거기서부터 태어난 것일지도 몰랐다. 그 누구도 의지할 수 없으니, 내 힘을 키워야 한다는 강박관념.

물론 만마전에의 원정을 마치고 그랑란트로 돌아온 후 본 광경은 충격적이긴 했다.

하늘을 꿰뚫을 듯 선 마천루, 땅보다 하늘에 가까운 곳에 마련된 내 거처, 콘크리트 도로, 엘리베이터.

거의 밑바닥이나 다름없는 상태에서 불과 십수 년 사이에 이 정도의 문명을 쌓아올린 것에 놀라기는 했다.

그러나 그것이 순간적인 충격에 그친 건 내가 과거에 지구에서 경험한 바에 비하면 별것 아니었기 때문일 것이다.

사실은 그만큼 지구 문명이 위대했다, 고 느껴야 했지만 나는 그렇게 느끼지 못했다. 21세기 지구에서 그건 '당연한 것'이었기 때문이다.

그래서 이제야, 비로소 나는 인류의 위대함을 느끼게 되었다.

나는 하늘에 뜬 함대를 바라보았다.

함대. 그래, 함대다. 내가 [천자총통]으로 [금신전선 상유십이]를 쓴 결과물이 아니라, 저것들 전체가 진짜 함선들이다. 전함으로 이뤄진 대열이다.

비록 함대를 이루는 전함의 숫자는 5척에 불과했으나, 이것도 엄연한 함대다.

그리고 이 함대를 건조해 낸 건 코볼트를 비롯한 그랑란트의 인류들이었다.

단순히 내 전함을 개조하는 게 아니라, 아예 처음부터 부품을 만들어 전함을 건조해 낸 거다. 그것도 제대로 작동한다. 성능이 떨어지는 것도 아니다. 아니, [푸른 유성]보다야 조금 떨어지지만 교단의 전함에 크게 밀리지 않는다.

비록 지금은 다섯 척의 전함뿐이지만, 시간과 자원, 인력과 자금만 있다면 전함의 숫자는 더욱 늘어날 것이다. 기술은 있으니 생산하면 된다.

"거참."

이게 가능하다니.

"어떻게 이런 걸 만들어낼 수 있었던 거지?"

그런 나의 질문에 후루호이는 이렇게 대답했다.

"주의 빛 덕입니다."

내게 있어서 [이진혁의 빛]은 뭔가 굉장한 변화를 가져오지는 않는 힘이었다. 사실 조금 실망하기까지 했다. 그러나 후루호이를 비롯한 그랑란트의 인류에겐 다르게 받아들여졌다.

"주의 빛은 저희가 가장 필요로 하는 부분을 채워주었습니다."

후루호이의 설명에 따르면, [이진혁의 빛]의 힘은 모든 개인에게 각기 다른 효과를 빚어낸 모양이었다. 그 각 개인이 가장 필요로 하고 부족함을 느꼈던 부분을 채워주고 북돋아주는 힘. 그것이 [이진혁의 빛]이었다고 증언했다.

단순한 전투원이었다면, 특히나 나 같은 인물을 대상으로 했다면 공격력이 10쯤 오른다든가 하는 변화에 그쳤을 것이다.

그러나 이러한 변화가 기술자나 생산자에게 돌아갔을 경우를 나는 상상하지 않았다.

채취할 수 없었던 자원을 채취할 수 있게 해주고, 발견할 수 없었던 차이를 깨닫게 해주고, 가공할 수 없었던 소재를 가공할 수 있도록, 제어할 수 없었던 영역을 제어할 수 있도록.

그 결과가 이것.

"주의 빛은 저희가 할 수 없었던 일을 할 수 있게 해주었습니다."

그것은 불가능을 가능케 하는 인류 전체의 [한계돌파]였다.

물론 진짜 [한계돌파]인 것은 아니다. 1회성의 작은 보너스. 레벨로 따지면 고작 2~3레벨 정도일까. 내겐 큰 도움이 되지 않는 정도의 미세한 변화였다. 그러나 그 변화가 인류 전체에게 일어나자, 그것은 엄청난 화학반응을 일으켰다.

인류의 힘은 어디에서 나올까? 나는 개인의 힘에서 비롯된다고 생각해 왔다. 소수의 천재가 시대를 이끌어왔다고 생각해 왔다. 그러나 그것은 틀렸다.

인류의 힘은 인류 전체에서 나온다. 사회에서 나온다.

모두가 아주 조금씩 강해진 결과, 쌓이고 쌓인 인류의 역량은 한꺼번에 [한계돌파]했다.

"저 혼자만의 힘으로는 절대 이렇게 만들어낼 수 없었을 겁니다."

후루호이가 말했다. 코볼트 후루호이. 내 앞에서 배를 까 보이고 쓰다듬어 주길 청하던, 사실 지금도 그러고 있는 이 코볼트를 나는 그동안 존경해 본 적이 없었다. 내 신도이고 내 백성이나 솔직히 말해 사람 취급을 했다고 하긴 힘들다. 그야 그렇다. 외견부터가 개에 가까우니.

"주를 섬기는 모든 신도가 힘을 모았기에 가능했습니다."

그러나 나는 이제 이 작은 개 인간을 존경하기로 마음먹었다. 너무 늦은 일이었으나, 글러먹을 정도로 늦지는 않았다고 믿으며.

후루호이의 말대로, 모든 인류 종족의 힘을 모아 이러한 놀라운 결과를 냈다.

"훌륭하군. 아주 멋져."

"칭찬 감사합니다. 하지만 이걸로 끝이 아닙니다."

후루호이는 보기 드물게 자신만만하게 웃으며 전함 쪽에다 대고 통신을 넣었다.

"변신해."

―알겠습니다, 캡틴.

변신?! 내가 그렇게 되묻기도 전에, 전함들은 허공에 머문 채 그 모습을 바꿔가기 시작했다. 마치 [푸른 유성]과도 같은, 거대한 인간형 병기의 모습으로 말이다.

"와……. 저것까지 재현했어?"

"왈! 별거 아닙니다. 리버스엔지니어링의 결과물이니까요."

후루호이가 코를 벌름거리며 말했지만, 내 칭찬을 받고 기분이 좋았는지 꼬리가 프로펠러처럼 돌아가고 있었다.

"진짜는 이거죠. 합체해."

"합체?!"

후루호이의 신호에 맞춰, 전함들이 다시금 변형하기 시작했다. 그리고 서로 충돌할 듯이 가까워지더니, 실제로 충돌했다. 여러 기계장치들이 맞물리고 위치를 바꾸더니, 이윽고 다섯 척의 전함은 조금 전의 다섯 배 크기의 인간형 병기의 모습이 되었다.

"괴, 굉장해!"

비록 그 변형 합체에 걸리는 시간이 10분 이상인지라 실전에서 바로 써먹긴 힘들긴 할 테지만, 지금 중요한 건 그게 아니다.

저 기계 거인은 만신전과의 전투에서 충분히 활약할 만한 능력을 갖췄다는 것을 나는 직감적으로 깨달았다.

아무래도 저 전함들이 교단의 전함에 비해 전력이 크게 밀리지 않는다는 발언은 수정해야 할 것 같았다. 그랑란트의 전함은 뛰어나다. 교단의 전함보다 훨씬.

"진짜… 이게 이렇게 되나."

물리법칙하의 과학기술만으로는 설명이 안 되는 발전 속도이긴 하다. 하지만 플레이어에게 있어 기술이란 스킬을 뜻한다. 능력치와 스킬로 부족한 과학기술을 메울 수 있는 이 세계이기에 가능한 일이었으리라.

"주여, 신이시여."

후루호이가 칭찬을 바라듯 꼬리를 흔들며 내게 다가왔다. 내가 반사적으로 머리를 쓰다듬으려고 손을 내밀자 그는 두 귀를 뒤로 젖히며 낑낑거렸다.

"아, 이게 아니라. 주여."

"음? 뭐지?"

"부디 저 전함의 이름을 지어주소서."

아직 전함의 이름을 짓지 않은 모양이다. 나는 다시금 하늘을 둥실둥실 떠다니는 전함을 올려다보며 뭔가 벅차오르는 감정을 느꼈다.

"[그랑란트]라 하지."

좀 오버인가? 물론 오버다. 그럼에도 불구하고 나는 결정을 물리지 않았다.

"[그랑란트]! 멋진 이름입니다!!"

후루호이가 꼬리를 팽이처럼 돌렸다. 그리곤 북실북실한 하얀 털이 가득한 배를 내게 까보였다.

"하핫, 이 녀석! 이 녀석! 이 녀석! 이 녀석!"

"깡! 깡! 깡!"

내 앞에선 이토록 개처럼 굴지만, 든든하기 짝이 없는 존재다.

후루호이에 국한된 이야기가 아니다.

내게 있어서 그랑란트의 인류는 내가 지켜야 할 대상, 더 심하게 말하자면 짐짝이었다.

그러나 이제는 다르다. 이들은 이제 전력이다. 전우다. 그저 내 등 뒤에서 벌벌 떨고만 있는 존재가 아닌, 내 옆에서 같이 싸워줄 존재가 되었다.

"그렇다면 무리해서 상급 신이 되는 걸 서두를 필요가 없지."

누군가를 지키면서 싸우는 게 혼자 싸우는 것보다 몇 배는 힘들다는 것은 이제 와서 굳이 언급할 필요도 없는 주지의 사실이다. 그런데 그 지켜야 할 누군가가 전우가 되었다면, 반대로 싸우기에 몇 배는 편해졌다는 말도 된다.

그리고 더 중요한 사실은 그랑란트의 인류가 아직도 발전하는 중인 세력이라는 점이다. 그렇다. 이들은 더 발전할 것이다. 그리고 더 강해질 것이다. 인류의 힘은, 인류의 가능성은 여기서 끝나지 않는다.

"어떤 면에서는 두렵기까지 하군."

어쩌면 나는 괴물을 낳아버리고 만 것일지도 모른다.

*   *   *

한편, 천계에서는 이런 소문이 돌기 시작했다.

"만신전이 그랑란트에 총공세를 펼친다고 하더군."

"총공세라고?"

"그래. 만신전의 왕부터 가장 밑바닥의 잡신들에 이르기까지 모두 공세에 나선다고 하더군."

그것은 뜬소문이 아니라 사실이었다. 이 정보를 손에 넣을 수 있는 루트는 한정되어 있고, 한정된 인원만이 접할 수 있는 정보이기도 했다. 그럼에도 불구하고 이 소문은 천계의 밑바닥부터 돌기 시작했다.

의도된 사항이었다. 의도한 이들은 마구니 동맹, 마라 파피야스의 분신들이었으나 소문을 퍼뜨리는 당사자들은 그 사실을 몰랐다.

"그렇다면 아무리 요선들을 패퇴시킨 그랑란트라고 하더라도……."

"우리가 협공을 걸면 못 이길 이유가 없겠지!"

아무리 만신전의 위상이 떨어졌다고 하지만, 많은 이들이 과거의 위상을 기억하고 있다. 교단이 독립해 만신전과 전쟁을 벌이기 전에는 그들이 이 우주의 패자였다. 그러니 이런 말이 설득력 있게 받아들여졌다.

"더 늦기 전에 우리도 한몫 껴야지."

그랑란트에 인류종이 있다는 소문은 이미 천계 곳곳에 퍼졌다. 인류종이라는 말만 들어도 입에 군침이 도는 족속이 완전히 소멸한 것도 아니고 말이다. 물론 그 족속, 요선들은 지난 패전 때문에 발언권을 많이 잃긴 했으나 그렇다고 아예 입을 딱 닫고 사는 건 아니었다.

"…그렇다던데?"

다시금 열린 천계 최고회의. 그 자리에서 요선을 대표하는 대라신선 구호는 약간 위축된 태도로 입을 열었다. 사실 그녀는 별로 최고회의를 열 생각이 없었지만, 상황이 이렇게 된 이상 등 떠밀리듯 회의장에 나올 수밖에 없었다.

소문은 아래서부터 돌았고, 그렇기에 권력자들이 소문을 접하게 될 때쯤에는 천계에 이 소문을 모르는 이가 없었다. 그러니 구호도 나서지 않을 수 없게 된 거였다.

"사실 우리에게도 좋은 기회라고 할 수 있겠소이다."

인류종 출신 신선을 대표하는 대라신선 계유도 헛기침을 하며 말했다.

"아무도 패전의 책임을 지지 않으려 드는 이런 상황이오. 하지만 승리한다면 일전의 패전은 잊히겠지."

책임을 완전히 면피할 수 있는 기회가 찾아왔다는 것은 천계의 권력자들에게도 강력한 유혹으로 다가올 수밖에 없었다.

그래서 누구도 추가 파병을 강력하게 반대하지 않았다.

"문제는 포로 상태로 그랑란트에 구류된 상태인 요선들인데……."

만약 천계가 다시 군대를 파병한다면, 그 포로들이 떼죽음을 당해도 어디다 호소도 못 하게 된다. 그들에겐 사실상의 사형선고다. 그냥 죽으라는 뜻이다.

그래서 계유가 어렵게 꺼낸 말이었지만.

"신경 쓰지 마."

천신들을 대표하는 대라신선 천원이 가볍게 잘라냈다.

"그래, 신경 쓸 필요 없어."

심지어 요선인 구호마저도 고개를 끄덕이니 계유도 더 이상 거론할 이유가 없었다.

"그럼 추가 파병을 하게 되겠군. …얼마나 보내야 할런지?"

"최대한 많이."

천원이 딱 잘라 말했다. 평소와 달리 적극적인 그녀의 태도에 계유는 혼란을 느꼈으나, 입은 자동적으로 열려 반론을 늘어놓았다.

"그리하면 천계의 방어가 얇아지지 않겠소이까?"

"아무리 그래도 만신전이 총력전을 벌인다는데, 생색 좀 내려면 보통 병력으로는 안 되지."

구호도 한몫 거들었다.

"생색도 생색이지만 만신전 놈들에게 잘못 얕보였다간 오히려 천계의 병력이 만신전에게 잡아먹힐 수도 있어. 최대한 보낼 수 있는 만큼 보내는 게 맞아."

"서, 설마……"

"아니, 생각해 보라고. 변경 중의 변경인 그랑란트야. 누가 감시라도 하나?"

평소라면 세력 간의 협약 때문에 절대 그런 일이 일어나지 않을 것이다. 하지만 구호의 말대로 그 장소가 그랑란트라면, 그리고 승리의 보상이 만신전 놈들이 그리도 목메어 원하던 인류종이라면 무슨 일이 일어날지 모른다.

"게다가 봤던 놈 다 죽이면 아무 일도 없었던 셈 칠 수 있지."

구호의 열변에 이번엔 천원이 이어 말했다.

"이번엔 말 좀 통하는군, 아가씨."

목격자를 남겨두지 않을 수 있을 정도로 병력 차가 크다면 만신전이 비열한 행위를 저지를 가능성이 전혀 없다고는 할 수 없었다. 아니, 높았다.

"그러니 우리도 만신전처럼……. 뭐, 총력전을 할 생각은 없더라도 적은 병력을 보낼 수는 없어. 적어도 만신전의 절반 정도는 보내야 생색도 낼 수 있고 만약의 경우에도 대비할 수 있겠지. 안 그래?"

"으음……!"

"게다가 우리를 위협할 만한 세력이라곤 만신전과 교단 정도잖아. 어차피 교단을 상대로 전쟁을 벌이자면 전 병력을 들어다 박아도 의미가 없고 만신전은 그랑란트에서 총력전을 벌이니 방어 병력을 많이 남길 이유가 없지."

구호의 말에 평소와 많이 다르게 달변인 천원이 덧붙였다. 그리고 그 어떤 지적에도 계유는 반론하지 못했다.

결국 천계는 최소한도의 방어 병력만 남기고 가용할 수 있는 거의 모든 병력을 그랑란트에 투사하기로 결정했다.

그렇게 천계 또한 도박판의 자리에 다시 엉덩이를 붙이고 앉게 되었다. 전보다 판돈을 훨씬 더 크게 걸고 말이다.

『레전드급 낙오자』 11권에 계속…